DIRK STERMANN

Eier

GOLDMANN
Lesen erleben

Buch

Dieter Bohlen war sein erster Fan, der Dalai Lama, folgte, und bald gehörte auch die erste »Frau« zu seiner Leserschaft. Zunächst verlief sich eine bulgarische Hammerwerferin mit krankhaft hohem Testosteronspiegel in seine Kolumne, Margaret Thatcher und Fiona Swarovski folgten. Heute lesen auch richtige Frauen seine Kolumnen, die ihn wenig Zeit und Aufwand kosten, dem Leser aber interessante und ulkige Minuten garantieren. »Stermanns Wiener-Kolumnen sind für mich der einzige Grund, die österreichische Staatsbürgerschaft nicht zurückzugeben«, sagt Andreas Ivanschitz immer wieder gern, und Markus Rogan prügelte sich in Rom für Stermann, als irgendein Trottel Stermann einen »Trottel« schimpfte. Jörg Haider liebte seine Texte, Daniel Cohn-Bendit verehrt ihn, und für Heidi Klum ist Dirk Stermann »Germany's Ex-Topmodel«.

Autor

Dirk Stermann wurde 1965 in Duisburg geboren und ist seit 1987 in Wien als Kabarettist, Radiomoderator und Autor tätig. Seit 1988 arbeitet er für den ORF und ist seit 1990 eine Hälfte des TV-Duos Stermann und Grissemann.

Dirk Stermann

Eier

GOLDMANN

FSC www.fsc.org
MIX
Papier aus verantwortungsvollen Quellen
FSC® C014496

Verlagsgruppe Random House FSC-DEU-0100
Das FSC®-zertifizierte Papier *München Super* für dieses Buch
liefert Arctic Paper Mochenwangen GmbH.

1. Auflage
Taschenbuchausgabe Oktober 2011
Wilhelm Goldmann Verlag, München,
in der Verlagsgruppe Random House GmbH

Umschlaggestaltung: UNO Werbeagentur, München
Umschlagfoto: Ingo Pertramer
Umschlaginnenseiten: FinePic, München
Eierfotos im Innenteil
und auf der Umschlagrückseite: Hannah Schatz
KF · Herstellung: Str.
Druck und Bindung: GGP Media GmbH, Pößneck
Printed in Germany
ISBN 978-3-47528-5

www.goldmann-verlag.de

Theatertrockner

Wussten Sie, dass man sich mit Bierflaschen nur sehr schwer abtrocknen kann? Und mit Karamellbonbons? Jetzt wissen Sie es. Ich habe mich einmal in einem bayrischen Theater geduscht, ohne mich vorher zu vergewissern, dass es ein Handtuch gibt. Ich ging davon aus, weil: Theater ist ja irgendwie Kultur, und Körperpflege ist Körperkultur, da wird man ja wohl davon ausgehen können, dachte ich. Aber nass stand ich dann vor der Dusche, ich tropfte aus allen Poren, ich war nasser als der Neusiedler See, aber kein Handtuch. Nur eine halbvolle Bierflasche und ein am Boden liegendes Karamellbonbon ohne Verpackung. Und eine Kaffeemaschine, in der noch ein benutzter Filter steckte mit Kaffeesud. Ich nahm zuerst das Karamellbonbon, wischte mich damit trocken, so gut es ging, war dann aber so pickig, dass ich seufzend wieder unter die Dusche stieg. Verstehen Sie, warum manche Eltern ihre Kinder davor warnen, Bühnenberufe zu ergreifen? In der Berliner Volksbühne wird man angehalten, alle Wertsachen mit auf die Bühne zu nehmen, weil dort alle wie die Raben stehlen. Darum haben viele Schauspieler ihre Geldbörsen in der Hand, während sie den Monolog sprechen. Im Wiener Rabenhof gibt es als Catering uralte Semmeln aus dem 19. Jahrhundert, in die schon Soldaten bei der Schlacht von Königgrätz gebissen haben. Im Linzer Landestheater fand ich ein Stück Wurst, wo sich auf dem Schimmel bereits Schimmel gebildet hatte, im Burgtheater steht ein halbvolles Glas Milch von Oskar

Werner, aus dem nippen Fans und durstige Kollegen. Auf der Bühne, da erstrahlen die Damen und Herren Schauspielerinnen und Schauspieler im hellsten Licht, aber das ist natürlich alles ein Resultat der Maske. Viele Schauspieler leben weit unter dem, was man weit unter dem Existenzminimum nennt. Denken Sie nur an Albert Fortell. Ein paar wenige Auserwählte verdienen gut, Brandauer, Voss und ich, aber auch wir sehen uns mit der unfassbaren Armut der Kulturschaffenden ständig konfrontiert. Kultur schafft einen.

Mit der Bierflasche, da hatte ich gedacht, gut, vielleicht saugt das Etikett meine Feuchtigkeit auf. Erdinger Weißbier, das Franz Beckenbauer Bier, der sieht stets akkurat aus, der Kaiser. Ich hab übrigens in einer Zeitschrift ein Foto von unserem Kaiser gesehen, in Uniform, und dachte mir, Wahnsinn, der arme Palfrader, ist der gealtert, aber dann war es doch Jopi Heesters.

Bierflaschen, mit welchem Etikett auch immer, sind ungeeignet. Vor allem halbvolle Bierflaschen, es schwappte immer raus, während ich mich versuchte abzurubbeln. Ich war nasser als vorher, nur dass ich jetzt auch noch nach Bier roch. Ich hätte natürlich resignieren und klitschnass auf die Bühne gehen können, aber wie in so vielen Theatern in der Winterzeit, herrschten in dem bayrischen Theater Minusgrade, mein Atem gefror, und das Wasser in meinen Haaren bildete bereits Kristalle. Bis zur Bühne hätte ich es nie geschafft, ich wäre als Iceman auf einem der endlosen Flure hinter der Bühne erstarrt, klebrig und nach Bier stinkend. Also unternahm ich einen weiteren Versuch. Der gebrauchte Kaffeefilter. Ganz vorsichtig rieb ich den Filter über meinen Körper, passte auf, dass der Kaffeesud nicht rausfiel und der nasse Filter nicht riss. Merke: Man kann sich nicht mit etwas Nassem abtrocknen. Ich hatte Kaffeeflecken auf der Brust und im Gesicht.

Vor meiner Garderobe torkelten mehrere Jungschauspielerinnen vorbei, die nur tranken, um die Kälte zu ertragen. Sie blickten mich an ohne jede Neugier. Nackte, nasse Männer, mit braunen Flecken übersät und nach Bier stinkend, mit klebrigen Karamellbonbonstücken in den Haaren, dieser Anblick war ihnen vertraut, auch wenn sie erst kurz auf den Brettern standen, die mir die Dritte Welt bedeuten. »Nimm die Kaffeemaschine. Du musst sie einschalten und mit der heißen Platte kannst du dich abtrocknen«, sagten sie in wunderbarem Theater-Deutsch und torkelten Richtung Bühne, wo sie zwei reiche Adelige spielten, als gäbe es kein Heute.

Ahnt das Publikum, wie reich die Kulturnation und wie arm die Künstler sind? 70 Prozent aller österreichischen Künstler ernähren sich von den Resten, die die Tauben im Park übrig lassen. Die überwältigende Mehrheit lebt in Telefonzellen oder Bushaltestellen, aber dann müssen sie den Kaiser spielen oder einen König. Die durchschnittliche Theaterkarte kostet in Wien mehr, als eine sechsköpfige Schauspielerin im Jahr zur Verfügung hat. Daran musste ich denken, als ich mit der brennheißen Kaffeemaschine behutsam über mich fuhr, die leichten Stromstöße ignorierend, die sie auf meinem klitschnassen Körper verursachte. Mit den Füßen stieß ich die Ratten weg, die vom Karamellgeruch angelockt wurden. Ich zog mich an und ging auf die Bühne, wo mein Kollege Grissemann mich schon erwartete. Er war klitschnass. Offensichtlich gab es in seiner Garderobe keine Kaffeemaschine.

Die Kessler-Drillinge oder: Headbangen zu »Veronika, der Lenz ist da«

Meine Eltern waren bis Woodstock Hippies. Sie waren mit ihrem bunt bemalten VW-Bus von Europa nach Woodstock gefahren, sie schliefen dort nackt im Schlamm und ernährten sich ausschließlich von LSD-Suppe und Haschischwurst. Sie waren echte Freaks, zwangen sich gegenseitig zu freier Liebe und kamen mit dem Zählen gar nicht mehr nach, welcher Musiker gerade an einer Überdosis starb. Die Musiker fielen im Sekundentakt tot von der Bühne. Alles war genau so, wie sie es sich vorgestellt hatten, aber ein Erlebnis zerstörte alles. Während Janis Joplin sterbend ihre letzten Lieder sang, donnerte ein Hubschrauber über das gatschige Festivalgelände. Meine Eltern blickten hinauf in den Himmel, wo der bunt bemalte Hubschrauber betrunken seine Runden torkelte. Sie sahen, dass die Türen des Helikopters geöffnet waren, und sie erkannten den zugedröhnt schwankenden Joe Cocker. Sie sahen ihm ins Gesicht, sahen, wie er die Augen verdrehte, den Mund öffnete, zu würgen begann und sich in einem großen Schwall hinunter auf Woodstock übergab. Mitten auf meine nackt im Schlamm hockenden Eltern. Eine grauenvolle Vorstellung. Meine Eltern schnitten sich noch auf dem Festivalgelände die Haare und zogen sich gegenseitig strenge Scheitel, sie zogen sich an und trugen fortan unglaublich spießiges Gewand. Joe Cocker hatte sich zum Kotzen benommen, und meine Eltern besuchten niemals mehr ein Rockfestival. Sie sitzen heute höchstens angezogen und nüchtern, mit dicken

Hornbrillen auf den sich stets rümpfenden Nasen, in Parks bei Kurkonzerten, aber die Festivalsaison lässt sie kalt. Mich haben sie von frühester Kindheit an gewarnt. »Dirk! Bist du des Wahnsinns fette Beute? Frequency! Ich kann dir auch auf den Kopf speiben, das ist billiger!« So redet meine Mutter noch heute. »Nuke? Sohn, hat dich der fette Dachs gebissen? Stehst du auf sich erbrechende Menschen?« Mein Vater konnte sich kaum beruhigen, als ich das erste Mal aufs Nuke-Festival fahren wollte. Sogar mein Großvater schrie mich an, als ich vorsichtig davon sprach, eventuell zum Nova-Rock-Festival fahren zu wollen. Mein Großvater war 1926 beim ersten Rockfestival der Geschichte in Berlin dabei gewesen. Damals, die Bungeeanlagen steckten noch in den Kinderschuhen, waren fast 15 000 Menschen beim Bungeespringen gestorben, genauso viele ließen ihr Leben beim Piercen. Damals gabs noch keine Piercing-Pistolen, man schoss mit richtigen Waffen Löcher in die Ohren und Zungen. Ich kenn meinen Großvater nur mit einem Verband um die Nasenflügel, er hatte sich 1926 ein Nasenpiercing machen lassen. Meine Familie ist traditionellerweise auf Festivals nicht gut zu sprechen. Meiner Großmutter ist 1926 das Trommelfell mehrfach gerissen, weil sie direkt vor den Boxen stand, während die Comedian Harmonists mit Stage Diving die Massen unterhielten. Ihr Amboss schmolz und die Steigbügel im Innenohr rissen komplett ab. So laut war es 1926, dass Vögel reihenweise aus den Bäumen fielen und Hunde mit Schaum vor den Ohren aus Fenstern sprangen. Es gibt alte Schwarzweißaufnahmen, auf denen man meine Oma leise aus den Ohren bluten sieht. Natürlich hat sich seit damals vieles verbessert. Damals schlugen noch regelmäßig Blitze in die Bühne ein, weil man Wasser und Eisen als Blitzableiter benutzte. Bei Gewitter begannen Musiker üblicherweise sofort zu brennen, weil die Blitze von der Brillantine im Haar magisch angezogen wurden. Der Dutt von Josephine Baker explodierte, genauso wie eine der Kessler-Drillinge. Ab damals traten sie als die »Kessler-Zwillinge« auf.

Meine Großeltern, die Comedian Harmonists, die Baker und der dritte Drilling, sie alle waren Pioniere des Musikfestivals. Natürlich sind auch heutige Festivals aufregend, aber damals waren es wirkliche Abenteuer. Musikwissenschaftler haben ausgerechnet, dass 1926, beim ersten Rockfestival der Geschichte, die Überlebenschance eines Besuchers bei 17 Prozent lag, für Musiker bei 21 Prozent. Wundert es da, dass meine Großeltern meinen Festivalpass für »Rock am Ring« vor meinen Augen zerrissen? Sie taten es aus Liebe zu mir.

Trotzdem. Ich hätte gerne meine eigenen Erfahrungen gesammelt. Ich war noch nie wirklich auf einem Festival. Einmal nur, ich weiß nicht, ob man das wirklich zählen kann, einmal nur bin ich nachts durch den Burggarten gegangen, da saßen auf einer Parkbank zwei Mitglieder der ulkigen Band »Die Flippers«, beide knapp 70 Jahre alt und mit künstlichem Minipli. Neben ihnen saß eine Rentnerin und vergiftete Tauben. Die beiden betrunkenen »Flippers« sangen ein ordinäres Sauflied und machten der Rentnerin Avancen. Die gab jedem eine Ohrfeige und zog mit ihrem Gift im Sackerl davon. »Du kannst dich jetzt schon als gefickt betrachten!«, schrie ihr einer der beiden Flippers nach. Der andere übergab sich auf die Wiese. So wie Joe Cocker, damals in Woodstock.

Die Post bringt allen was.
Post.at
N
NCE

Pelze

Immer wenn ich Menschen mit Pelzmänteln sehe, muss ich an Alf Poier denken. Alf Poier leidet an einer Laune der Natur. Das wird deutlich, wenn er sich sein T-Shirt auszieht und seine Mütze abnimmt. Die fehlenden Kopfhaare hat Gott ihm als Pelz auf die Schultern geklebt. Das hat Vor- und Nachteile. Vorteil: Ihm wird auf den Schultern nie kalt. Nachteil: Ihm frierts die Rübe ab. Ist Poier da ein Einzelfall oder wachsen österreichischen Kabarettisten häufig Haare an ungewöhnlichen Stellen? Alfred Dorfer hat mir einmal gestanden, beim Zähneputzen ein langes Haar an einem Backenzahn gefunden zu haben. Er schnitt es ab, aber es wächst immer wieder nach. Josef Hader hat dicht bewachsene Füße und, ungewöhnlich, auch die Fersen sind stark behaart. Bekannt dürfte sein, dass Helmut Qualtinger strubbelige Nasenhaare hatte, er selbst sprach von seinem »Zinkenafro«, den Kummer darüber versuchte er im Alkohol zu ertränken. Farkas hatte einen schneeweißen Pelz im Bauchnabel und Waldbrunns Hände waren auf der Innenseite behaart. Zottelige Zoten, so könnte man vielleicht ein Buch über Humor in Österreich nennen. Kollege Maurer hat mir einmal gestanden, Achselhaare zu haben, die länger sind als die Kopfhaare von Rudi Dolezal. Er macht sich unter den Armen immer eine Art Dutt.

Ich habe Haare nur an den dafür vorgesehenen Stellen, wahrscheinlich weil ich aus der niederrheinischen Tiefebene komme, wo es niemals schneit. Deutsche brauchen keine

Haare, aber wer viel in den Bergen ist, wird automatisch irgendwann so aussehen wie Reinhold Messner, der optisch von einem Yak nicht zu unterscheiden ist. Das Yak ist ein asiatisches Hochgebirgsrind. Dort ist es klimatisch ähnlich wie in Villnöss, dem Dorf in Südtirol, aus dem Messner kommt. Natürlich hat das Yak vier Beine, wenden Sie ein, und ist also leicht vom Bergsteiger zu unterscheiden. Aber ich habe Messner einmal wandern gesehen, mit zwei Nordic-Walking-Stecken, neben ihm ein Yak, da war kein Unterschied zu sehen. Auch wenn er auf allen Vieren auf Himalaya-Wiesen grast, wie wollen Sie da Unterschiede erkennen? Dass man jetzt übrigens in Volkshochschulen nicht nur Nordic Walking anbietet, sondern inzwischen auch Nordic Swimming, finde ich albern. Mit zwei Stecken im Wasser, was soll das? Vom Nordic Cooking ganz zu schweigen. Die Skistöcke stören doch beim Braten.

Die Familie Messner hat mehr Haare als alle Einwohner einer mittelgroßen englischen Stadt zusammen. Auf dem Rücken, in den Kniekehlen, im Gaumen, auf der Zunge, überall. Wenn man eine pelzige Zunge hat und Vegetarier ist, hat man auch bei Karotten das Gefühl, ein Kalb zu essen.

Aber das alles hat einen Sinn. Der Erfinder der Natur hat sich was dabei gedacht. Während der Erfinder des Kapitalismus irgendetwas übersehen hat, kennt die Natur keine schwarzen Freitage und Wall Street Crashs, von gelegentlichen Überschwemmungen, Vulkanausbrüchen und Erdbeben mal abgesehen. Der Erfinder der Natur hat sich gedacht: Okay, das in den Bergen nenn ich Südtirol, da werden die Menschen immer die Berge hinaufklettern, damit sie einmal etwas weiter sehen können, da muss ich ihnen viele Haare geben, dass sie beim Klettern im Wind nicht frieren, und ich geb ihnen spitze Fingernägel, damit können sie sich im Eis festpicken. Beobachten Sie das mal: Kein Südtiroler

Bergsteiger wird am Berg einen Eispickel verwenden. Jeder Südtiroler schlägt seine Fingernägel ins Eis und zieht sich so hinauf. Das gilt natürlich auch für Osttiroler und Nordtiroler. Je näher man genetisch an Südtirol ist, umso behaarter und langnageliger ist man. Alf Poier ist Steirer, darum reichts bei ihm pelzmäßig nur noch für die Schultern, aber nicht mehr für den Kopf. Grundsätzlich gilt: Wer eine Glatze hat oder auch nur einen Haarkranz, der sollte nicht in die Berge. Der soll in der Halle klettern oder Kabarett machen.

Früher haben Südtiroler ihre Körperhaare an betuchte Ausländer verkauft, die an »a lack of hair« litten. In Meran gabs einen großen Markt, wo pro Jahr bis zu 25 000 Tonnen Südtiroler Brust-, Bein- und Kopfhaar an haarlose Engländer verkauft wurde. Aus ästhetischen Gründen kauften die Briten, aber auch, um nicht zu frieren. Das war zu einer Zeit, als es noch keine Nerzfarmen gab. Pelze von Tieren anzuziehen, galt als ekelerregend. »Ich breche einem Biber ja auch nicht das Gebiss aus und stecks mir in den Mund, wenn ich keine eigenen Zähne mehr habe«, sagte man damals. »Und wenn ich schlecht sehe, tausche ich meine Augen auch nicht gegen Kuhaugen aus.« Dass Menschen einmal in die Hülle eines toten Tieres kriechen würden, das galt als unvorstellbar. In Südtirol und anderen Bergregionen immer noch. Sie können es sich nicht vorstellen, dass ein Mensch sich freiwillig in eine Tierhaut kleidet. Wenn Reinhold Messner das heute einem Yak erzählt, während beide friedlich nebenander auf einer Himalayawiese grasen, dann wird das Yak erst fassungslos sein und dann laut loswiehern. Yaks lachen übrigens so ähnlich wie Alf Poier.

Klappensex auf ORF

Schon mal mit der ganzen Hand beim Parmesanreiben abgerutscht? Und die ganze Handinnenfläche aufgerissen? Wenn ja, werden Sie wissen, welche Schmerzen mir jeder Buchstabe bereitet, den ich anschlage. Das möchte ich nur vorausschicken, dass ich zwar leichtfüßig schreibe, dabei aber still Träne um Träne vergieße. Ich beiße die Zähne so fest aufeinander, dass der Unterkiefer sich in den Oberkiefer verkeilt. Unter Schmerzen schreiben, so ähnlich muss es wohl sein, wenn man als Societyreporter in der Lugner-Loge beim Opernball sitzt. Nehme ich mal an. Wäre ich Dominik Heinzl oder Dominique Hainzl (ich mag das jetzt nicht recherchieren, weil es zu egal ist), dann hätte ich mir die Käsereibe schon längst an die Schläfe gesetzt. Gut, das Leben ist natürlich in sich sinnlos, das Konzept »Leben« ist lächerlich, da ergibt es sich vielleicht zwangsläufig, jeden Sinn über Bord zu werfen und sich wie Domenica Hänzl zu sagen: Wenn das Leben schon so absurd ist, verbringe ich mein Leben einfach auch völlig sinnlos. Vielleicht ist Heinz El Existentialist, Nihilist auf jeden Fall. Seine Neigungsgruppe umfasst gefühlte zehn bis zwanzig Menschen, denen er täglich mehrmals begegnet. Niemand weiß zu sagen, warum er in diesem Palais und jenem Restaurant ist, Heinzel weiß es nicht, die anderen wissens nicht. Kafka selbst scheint sie aber zu zwingen, da zu sein. Und so filmt der eine die anderen beim Essen, und wenn er sie nicht filmt, dann filmt er sich selbst dabei, wie er ihnen beim Essen zuschaut. Das ist gelebtes Geisteskrankenhaus und müsste in mir den Zivildiener wecken. Zu Hilfe! Man muss den Armen, Elenden helfen! Aber laufen Sie mal zum ORF und bieten Ihre Hilfe an. Hallo, ich möchte helfen, Ihr Moderator tut mir leid. Da werden Sie von dem kleinen schwarzen ORF-Hund sicher hinausgebellt. Domminique Hänzel ist Opfer eines einzigen, großen Fests der Sinnlosigkeit. Ist es da verwunderlich, dass er äußerlich immer grotesker wird? Dass er aussieht wie ein Motorradfahrer auf dem Weg zur Autobahnraststättentoilette? Mit einer Halskette, die ihn zu ersticken droht? Ich schreibe das alles, weil ich ihn in Schutz nehmen möchte. Alle, die ihn belächeln, sollen sich vor Augen halten, wie hart es sein muss, das Leben des D. Hänsel. In einer mit Lachsbrötchen geschmückten Endlosschleife der Hoffnungslosigkeit gefangen, mit angewachsener Kamera und angewachsenem Mikrofon leeren Gesichtern in die vollen Münder zu starren, schmatzende Antworten erwarten. Herrlich. Als Plot für einen Nervenzusammenbruch. Wenn Sie also den D. Highnzel im Zuge der Opernballberichterstattung in der Qualitätszeitung »News« oder im ORF sehen oder bei einem Miss-Wet-Strumpf-Wettbewerb in Horn, seien Sie gnädig in Ihrem Urteil, und fragen Sie sich, wie Sie helfen können. Hohn und Spott sind nämlich keine Antwort auf Schicksale, wie das des Herrn Hainzler, sondern …

Mir ist sehr langweilig. Wahnsinnig langweilig, über Gesellschaftsreporter nachzudenken. Herrgottzeiten, was für ein Text, wenn sogar dem Schreiber während des Schreibens Ödnis laut im Ohr klingelt.

Zurück zum Opernball und der Loge des Herrn Lugner. Ich lüg, ich log, ich loge. Kommt daher das Wort »Loge«? Natürlich nicht. Loge ist altfranzösisch und bedeutet »Nische zum Aufenthalt«. In Österreich verwendet man

»Loge« auch als Ausdruck für öffentliche Toilettenanlagen, die von Homosexuellen für Sex benutzt werden, für den guten, alten »Klappensex«. Ich war noch nie beim Opernball, aber finden Sie nicht auch, dass die Preise für ein öffentliches Pissoir beim Opernball übertrieben hoch sind? Selbst wenn Klopapier und Seife im Preis inbegriffen sind. Gleichzeitig verstehe ich jetzt doch ein bisschen, wieso Herr Heinzell mit seiner Kamera und seinem phallischen Mikrofon zwischen den Würdenträgern steht, die im Dreivierteltakt ihre Gemächter abschütteln. Weils geil ist. Weil es so ähnlich ist wie damals mit George Michael. Herr Heinzel hat ja dazu aufgerufen, dass alle Zuschauer und Handybenutzer auf Promijagd gehen sollen und ihm die selbst gemachten Filme schicken. Eine schöne Idee, weil man so vielleicht wirklich einmal Prominente beim Pinkeln sehen kann, was wirklich wichtig ist und was wir bisher sehr vermisst haben. Und wenn man beim Opernball gut aufpasst, kann man vielleicht sogar den Dominic Heinzl beim Pinkeln filmen, wie er gerade Herrn Lugner beim Pinkeln filmt. Denn eine Nische zum Aufenthalt gibt es schon lange nicht mehr. Nur mehr im Altfranzösischen.

Vier deutsche Städte

Immer wieder wird Wien zur schönsten und liebenswertesten und tollsten Stadt der Welt gewählt. Dass diese Einschätzungen stimmen, wird vor allem deutlich, wenn man Wien mit deutschen Städten vergleicht. Vier beispielhafte Städte stelle ich Ihnen hier vor.

Stuttgart galt bis in die frühen 80er-Jahre gar nicht als Stadt, sondern als Campingplatz. Erst mit dem zweiten Württembergischen Frieden 1983 erhielt Stuttgart das Stadtrecht. Als einzige deutsche Stadt ohne fließendes Wasser lockt Stuttgart vor allem Abenteurer und Rucksacktouristen an, die sich auch nicht von der verblüffend hohen Kriminalitätsrate abschrecken lassen. Pro Tag passieren in Stuttgart etwa 190 000 Gewaltverbrechen und durchschnittlich 30 bis 40 leichtere Straftaten wie Erpressung, Ladendiebstahl und Scheckbetrug. Schon im Mittelalter war Stuttgart das Zentrum des europäischen Urkundenfälscherwesens, diese Tradition lebt bis heute fort. Stuttgart hat zur Zeit 200 000 Einwohner, die Zahl variiert ständig, vor allem aufgrund der Gewaltverbrechen. Neben dem Verbrechen ist die Haupteinnahmequelle der Stuttgarter der Zeltverleih. Daneben etabliert sich auch immer mehr das Dienstleistungswesen. Mit dem Aufpumpen von Luftmatratzen mit dem Mund verdienen sich inzwischen acht der Stuttgarterinnen und Stuttgarter ihr Brot. Wie in Baden-Württemberg nicht anders zu erwarten, sind schwäbische Spätzle das beliebteste Essen. Allerdings kennt die Stuttgarter Küche nur rohe

Lebensmittel. Wahrscheinlich aufgrund des fehlenden, fließenden Wassers. Das klassische Menü besteht aus rohen Teigwaren, einem rohen, falschen Hasen und einer Suppe, die nur aus Rohkost ohne Flüssigkeit besteht. Als Dessert liebt der Stuttgarter steinhartes Brot ohne alles. Demokratie ist dem Stuttgarter fremd, die Staatsform Stuttgarts ist eine sogenannte Technokratie, an der Spitze der Stadt steht der Technokrat, in der Regel ein Handwerksmeister. Seit 1992 ist Franz Hadamowsky das Stadtoberhaupt, ein magenkranker Feinmechaniker, der seine Mitbürger allesamt wie Lehrlinge behandelt. Hadamowsky wird gehasst, ist aber in der Technokratie nicht abwählbar. Pro Tag gibt es bis zu 90 Attentate auf Hadamowsky, er wird zwar jedes Mal schwer verletzt, überlebt aber doch jeden Anschlag mehr schlecht als recht. In Stuttgart leben nur 0,014 Prozent Christen, die meisten Stuttgarter sind sogenannte »Experten«, eine Art Sekte, deren einziges Ziel es ist, anderen etwas wegzunehmen. Der gläubige Experte ist deshalb den ganzen Tag mit Stehlen beschäftigt, die meisten Experten stehlen aber nur am Sonntag und an den hohen Feiertagen.

Im nächsten Jahr feiert **Hannover** 25. Geburtstag. Ursprünglich nur als Kläranlage angelegt, zogen doch immer mehr Globalisierungsverlierer und Ostdeutsche nach Hannover, sodass die Kläranlage irgendwann eine Schule brauchte und einen Getränkediskont. So wuchs Hannover schnell zu einer Stadt. Heute gilt Hannover als eine der liebenswertesten Städte unter den zehn hässlichsten Städten der Welt. Hannover hat neun Millionen Einwohner und drei Atomkraftwerke und statt eines Stadtzentrums einen Truppenübungsplatz der Bundeswehr rings um die alte Kläranlage, die natürlich auch das Wahrzeichen Hannovers ist, neben den unzähligen Tierkadavern, für die Hannover so berühmt ist. In der ganzen Stadt liegen tote

Tiere herum, wahrscheinlich, weil Hannover für Tiere ein ungeeigneter Lebensraum ist. Berühmtester Sohn der Stadt ist Hubert Geiselstrick, der Erfinder des Selbstmords. Seit dem frühen Mittelalter hängt ein Azorentief mitten über der Stadt, sodass es einen immerzu fröstelt. Zusätzlich ist die letzte Sonnenfinsternis in Hannover geblieben, das gibt der Stadt etwas sehr Geheimnisvolles. Überall liegen schlafende Kühe herum. Die Hannoveranerinnen und Hannoveraner arbeiten entweder in der Kläranlage oder in den Atomkraftwerken oder in dem einen Getränkediskont. Es gibt nur diese drei Arbeitgeber, denn die Schule wurde schon vor bald 24 Jahren wieder geschlossen, weil sie als extremer Fremdkörper in Hannover empfunden wurde. Deshalb gibt es auch keine Straßenschilder in Hannover, sie könnten von den Einheimischen nicht gelesen werden und Fremde verirren sich nie nach Hannover. Höchster Feiertag ist das Fest des Schlamms am 24. November. Da sitzen bei strömendem Regen alle Einwohner acht Stunden lang regungslos in einer riesigen Sickergrube. Andere Feste sind in Hannover unbekannt. Bürgermeisterin von Hannover ist die pensionierte Hautärztin Beatrix Hugenbruch, die als Traditionalistin gilt, angeblich aber hauptverantwortlich ist für die Kadaverberge. Sie ist aktiv in einem Verein, der für die Schutzlosigkeit von Tieren kämpft. In Hannover gibt es keine Restaurants oder Gastwirtschaften, wer hungrig ist, nimmt sich einfach ein totes Tier von der Straße mit nach Hause und isst es. Fremde werden in der Stadt nicht geduldet.

Nürnberg wurde nach dem Zweiten Weltkrieg verboten, ist aber im Zuge des Kalten Krieges 1957 wiedereröffnet worden. Heute ist Nürnberg eine weltoffene Stadt, vorausgesetzt man ist Nürnberger und fällt nicht unangenehm auf und hält sich exakt an die extrem eng gesteckten Regeln Nürnbergs. Für alles Außernürnbergerische hat der Nürnberger nur Spott und Hass übrig, totale Verachtung gegenüber allem Fremden. In Nürnberg ist die Zwei-Kind-Familie Pflicht, Wohnungen sind einheitlich 75 Quadratmeter groß, es gibt exakt gleich viele Mädchen und Buben, stimmt das Verhältnis nicht, wird operiert oder ausgewiesen. Nürnberg gilt als freudlose und ernsthafte Stadt, Musik und Tanz sind nicht verboten, trotzdem hört man nie jemanden pfeifen oder singen und man sieht auch niemanden tanzen. In Nürnberg gibt es keinen einzigen CD-Player. Der Nürnberger ist grün und blau geschlagen und durchschnittlich gebückte 1,71 Meter groß, hat einen nervösen, auf den Boden gerichteten Blick und trägt ausrangierte Uniformen der deutschen Bundeswehr. Wahrzeichen von Nürnberg ist die Autobahnausfahrt. Nürnberger sind sehr gläubig. Sie glauben aber nicht an Gott, sondern daran, dass alles ein böses Ende nehmen wird. Nürnberg hat auch keine Freizeiteinrichtungen, sondern Angst. Das ganze Jahr über herrscht hier Buß- und Bettag. Miteinander reden die Einwohner Nürnbergs in einem lauten, barschen Ton, zur Begrüßung geben sie sich harte Faustschläge ins Gesicht und bei der Verabschiedung Tritte in die Leber. Schon kleine Mädchen unterhalten sich miteinander in einem scharfen Kasernenton und bewegen sich in militärischem Drill. Zahnpflege gilt in Nürnberg traditionell als verweichlicht, dementsprechend erkennt man Nürnbergerinnen und Nürnberger auch an äußerst ungepflegten, bemoosten Zähnen, in den Zahnzwischenräumen stecken Tierreste. Auf den Nürnberger Tisch kommt ausschließlich Deutscher Schäferhund, gekocht oder paniert. Dazu trinkt man einen Krug voll Met, gebraut nach dem germanischen Reinheitsgebot von 10 000 vor Christus.

Gelsenkirchen liegt an der Ruhr-Riviera und gilt als das Pott-Paris. Es wurde in den napoleonischen Kriegen von syphiliskranken französischen Soldaten gegründet und ist bis heute ein Mekka und El Dorado für Geschlechtskranke. Die Stadt ist durch und durch gonorrhoes. Gelsenkirchen ist aber vor allem berühmt für Bernd Bock. Der Hut wurde 1809 in Gelsenkirchen von Bernd Bock erfunden, das Sparschwein ist seine Erfindung, auch der Schneemann und die Betriebsanleitung, alles Erfindungen, die in Gelsenkirchen von Bernd Bock entwickelt wurden. Diese Liste kann man fast endlos weiterführen: Leinsamen, die Sonnenbrille, der Aschenbecher, Esspapier, Socken, Fenster und Türen, Brot, der Chanson, Make-up, kurz, Bernd Bock war ein sehr vielseitiger Mann, bevor er viel zu früh bei einem Experiment verstarb: Mit 17 Jahren explodierte er bei der Erfindung des Dynamits. Der wahrscheinlich größte Sohn Gelsenkirchens. Die größte Tochter Gelsenkirchens ist mit Sicherheit Ute Strengkamm, die Raumfahrt, Tiefenpsychologie und Getränke gegen den Durst erfunden hat. Nach Ute Strengkamm ist das Gelsenkirchener Schwimmbad benannt, mehrere Schulen, die vier Häfen, die Oper, die Regenschirmfabrik und eine Kaufhauskette. Nach Bernd Bock wurde nur eine Trinkhalle benannt, obwohl doch eigentlich Ute Strengkamm Getränke gegen den Durst erfunden hat. Gelsenkirchen hat heute 450 Einwohner, drei internationale Flughäfen und neun Bahnhöfe, es hat sieben miteinander konkurrierende U-Bahn-Systeme und Schwebebahnen. Auch ein U-Boot-System in der Ruhr. Für Freunde des öffentlichen Nahverkehrs hat Gelsenkirchen einiges zu bieten. Den wenigen Gelsenkirchnern stehen 45 Theater zur Verfügung, 175 Museen und fünf Tierparks. Für die 450 Gelsenkirchner wurden auch künstliche Berge angelegt zum Wandern und Skifahren, bis zu 5000 Meter hoch. Gelsenkirchen hat die beste Luft der Welt. Null Prozent Arbeitslosigkeit, das höchste Nettoeinkommen Europas und eine Lebenserwartung von 140 Jahren bei Frauen und 150 bei Männern machen Gelsenkirchen zu einem interessanten Ort. Trotzdem will keiner hinziehen. Gelsenkirchen wird konstant kleiner. 2012 wird der letzte Gelsenkirchner wegziehen. Keiner weiß warum. Ein Rätsel. Na ja.

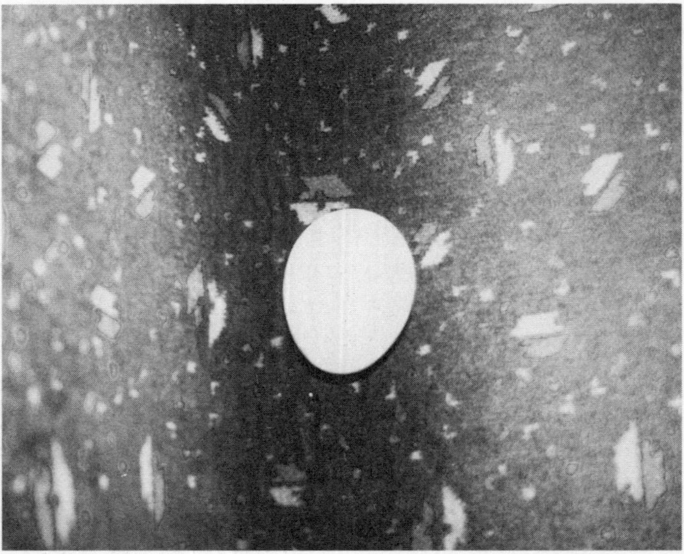

Zero froh

Ist Ihnen schon einmal aufgefallen, dass die Weltwirtschaftskrise an den Bettlern vollkommen vorbeigeht? Für die Armen unter uns und unter Ihnen hat sich nicht viel verändert. Wer nichts hat, dem ist der Umwechselkurs von Yen in Dollar einigermaßen egal, und wer arbeitslos ist, dem kann man schlecht mit Rauswurf drohen. Kaum ein Verhungernder in der dritten Welt verhungert jetzt anders als früher, nur weil Herr Ackermann von der Deutschen Bank seinen Aktionären Milliardenverluste verkünden muss. Heißt das also im Umkehrschluss, dass die Lösung der Krise in gemeinschaftlicher Armut liegt? Immerhin mal ein Lösungsansatz. Gut, wir können noch ein paar Monate lang Milliarden auf die Billiarden werfen, mit denen der Staat einzugreifen versucht. Aber, das weiß ich seit einem schmerzlichen Abend im Casino Baden, irgendwann ist der Geldbeutel leer. Und die Republik Österreich oder die EU und selbst die Amerikaner haben letztlich nur einen Geldbeutel.

Etwas größer als meiner, aber so wie meiner mit der Neigung, leer zu werden. Das führt leider dazu, dass wir einen globalen Schuldenstand haben, der in die Trilliarden geht. Den werde ich, trotz großer Steuerehrlichkeit, kaum alleine zurückzahlen können. Und Sie auch nicht, selbst wenn Sie ein somalischer Schiffspirat sind. Bislang gingen die Industrienationen ins globale Casino und setzten alles auf »Kapitalismus«. Leider kam dann mehrmals die »Zero« und weg wars, das schöne Geld. Sandler aber sieht man sehr selten am Roulettetisch und Verkäufer von Obdachlosenzeitungen spielen nie Black Jack. Darum ist kollektive Armut ein Schritt in die richtige Richtung. Wer keine Wohnung hat, pfeift auf die Immobilienblase. Vergessen Sie den Stress bei der Parkplatzsuche, haben Sie einfach kein Auto. Parkbank statt Bad Bank. Dann sind Sie, zum Beispiel, kein hohes Tier bei der Ersten Bank und kommen kaum mit dem Zählen der Verluste im Osten nach, sondern sind ein freundlicher Herr im zerrissenen Mantel mit Plastiksackerln um die Füße gewickelt und schlurfen vor sich hin, egal wohin es Sie treibt. Dann sind Sie nicht mehr Aufsichtsratschef oder Filialleiter, sondern Ihr eigener Chef, und die New Economy ist für Sie so wichtig wie der Furz einer Amsel.

Nichts zu haben ist wie gesamtheitliches Dinner Cancelling. Wer null Euro hat, muss nicht lange vergleichen, wer ihm wo zweieindrittel Promille mehr Zinsen garantiert. Ich könnte noch lange weitere Beispiele bringen, aber ich nehme einmal an, Sie habens längst kapiert. Nichts! Gar nichts! Null Street statt Wall Street. Loch statt Milliardenloch.

Warum bohrt man in der Nase und putzt sie, bis sich nichts mehr darin befindet? Weil man besser Luft bekommt. Ohne Waschmaschine endet sofort das elende Problem des fehlenden Sockens, ohne Herd kann nichts anbrennen. Klar?

Wie herrlich, wenn die Tageszeitungen keinen öden Wirtschaftsteil haben und bei N-TV nicht mehr dieser nervtötende Börsenticker am unteren Bildrand läuft. Das Wirtschaftssystem ist inzwischen als Ganzes wie Richard Lugner im Kleinen. Peinlich und alt. Man möchte es nicht mehr hören, wie tief Kurse fallen können. Wirtschaftsdaten sind wie ein Insektenwettfressen in der Lugner-City: unappetitlich und eklig. Wären wir alle arm, würde Lugner vielleicht einmal mit einer zerlausten, zahnlosen, aber sympathischen Dame zum Opernball gehen, wo die Loge dann nicht mehr das Bruttosozialprodukt eines afrikanischen Durchschnittsstaates kostet und jedes Würstel so viel wie ein Auftragsmord in Russland, sondern alles gratis ist. Alles Billigwalzer. Wie würde Karl-Heinz Grasser in so einer Gesellschaft klarkommen? Wenn er nicht einmal mehr einen Föhn hat und keine Badehosen mit Krokodilmotiv? Würde Karl-Heinz Grasser dann zu einem Menschen mutieren, den man gernhaben kann? Als jemanden, der zu denen gehörte, die damals die Gier zum ersten Gebot gemacht haben? Grasser und seine Freunde, die maximieren wollten und zwar dauerhaft, auf Teufel komm raus, die nur glücklich sein konnten, wenn ihre eigene Geldbörse sich immer weiter wölbte? Immerhin, so würde man dann vielleicht denken, wären wir heute alle nicht so gemeinschaftlich arm, wenn es all die Grassers nicht gegeben hätte, die vielen Broker aus dem Londoner Bankenviertel, alle die, die mit der Welt jonglieren wollten, ohne vorher bei André Heller einen Zirkuskurs absolviert zu haben. Dann nähme man KHG vielleicht liebevoll in die Arme, streichelte ihm über die Glatze, die er hätte, seitdem er ohne Föhn sein Haar nicht bändigen würde können, und sagte freundlich: »Keine Haare, Gell? KHG.« Und er würde lächeln und sich freuen, weil er nicht mehr diese alberne Popperfrisur aus den 80ern hätte. Und sich denken würde er: »Ja, es stimmt. Weniger ist mehr. Und Nichts die große Freiheit.«

Papphirne fürs Faschingsfest der Grenzdebilen

Pappherzen fürs Faschingsfest der Straches und Papplebern fürs Faschingsfest der Tschecheranten. Verkleidet sich der Papst an Karneval? Wenn ja, als was? Als Kardinal? Als Rabbi? Wenn Menschen berufsbedingt verkleidet sind, lässt dann der Wunsch nach Kostümierung nach? Oder gehen Polizisten als Krankenschwestern und Rauchfangkehrer als Bäcker zum Gschnas? Geht Strache als Bauchtänzerin? Oder ist das beim Burschenschafterfaschingsfest nicht korrekt, weils nicht inländisch genug ist? Eine dumme Frage, ich weiß. Da Strache ja nicht studiert hat, wird er wohl kaum zu einer geilen Burschenschaftsparty eingeladen werden, sondern darf maximal zur Mittelschüler-Kartellverbands-Feier gehen, die um 22 Uhr vorbei sein muss, weil die braven Eltern die braven Buben abholen. Als was gehen Burschenschafter? Überschminken die ihre Schmisse und gehen als normale Menschen? Gehen Skinheads aus Mecklenburg-Vorpommern oder Sachsen-Anhalt als Hippies? Und geht Frau Fekter als schwangere Ausländerin und geht George Bush als Intellektueller und geht Axel Schulz als Boxer und gehe ich als jemand, der nicht stundenlang aufzählt, als was jemand geht?

Eine der schlimmsten Nachrichten der vergangenen Jahre war die, dass Laura Bush bei einer Veranstaltung ein Kleid trug, das drei andere Frauen auch anhatten. DREI! Peinlich, peinlich. Dagegen verblasst so mancher Fauxpas ihres Gatten in Nahost. Laut Zeitungen »ein Albtraum für jede

Frau«. Für die »Mid Party« im Weißen Haus, bei der Stars aus Show und Film für ihre Verdienste fürs Vaterland ausgezeichnet werden, »schmiss sich auch Laura Bush als Gastgeberin richtig in Schale und wählte einen langen leuchtend roten Rock mit passendem Top für 7000 Euro von Designer Oscar de la Renta«. Erst lachte sie, bis immer mehr »Ladies in red« auftauchten. Die First Lady ging nach oben und hat sich schnell umgezogen. »Das einzig Richtige, was sie tun konnte, um ihre Gäste aus der peinlichen Situation zu befreien.« Viele Menschen auf den Straßen Bagdads wissen ja gar nicht, dass es auch in Washington riesige Probleme gibt. Ich habe sehr bewusst von Frau Bushs Katastrophe berichtet, um zu untermauern, wie wichtig es ist, auch beim Faschingsgschnas sorgfältig auf die Kostümierung zu achten. Nichts ist peinlicher, als wenn man sich als Josef Pröll verkleidet hat, und an der Bar steht ein Doppelgänger oder vielleicht sogar der echte. Mein Tipp deswegen: Gehen Sie nicht als Cowboy, Indianer, Zwerg oder Riese, also Schüssel oder Plassnik, sondern als Staatsvertrag, als Nettolohn, als Kernfusion oder Glücksspielmonopol. Ich selber werde behaupten, als das gute Gewissen von Oscar de la Renta zu gehen. Übrigens ein herrlicher Name für jemanden, wenn er in die Pension geht. Oscar: erst 40 Jahre lang Oscar del Lavoro, dann, wohlverdient, de la Renta. Es sei ihm gegönnt. Und dann sitzt Oscar de la Renta in einem leuchtend roten Rock mit passendem Top im Pensionistenheim bei Kaffee und Kuchen und ruft voller Inbrunst: »Eins, zwei, drei und hoch die Tasse. Ei, der Kaffee, der ist klasse!« Und dann geht er zum Faschingsfest der pensionierten Modedesigner, vielleicht als »Glückliche Kindheit« oder »Kinderkrankheit«, und dort trifft er dann den auch schon vergreisten Karl Lagerfeld, der einen Pappzopf am Kopf kleben hat. Und vielleicht kommt Laura Bush vorbei zu ihrem ehemaligen Lieblingsdesigner. Vorsichtshalber nackt, damit sie nicht wieder in eine peinliche Situation gerät.

Heil Fasten

»Am Aschermittwoch / ist alles vorbei / die Schwüre von Treue / sie brechen entzwei / von all deinen Küssen / darf ich nichts mehr wissen / wie schön es auch sei / dann ist alles vorbei.«

Es wird wieder gefastet, aber so was von. Asche aufs Haupt und die üppigen Leibesfreuden abbeten. 40 Tage fasten. Gusenbauer möchte so schlank werden wie Schüssel und schafft das mit Gottes Hilfe bestimmt. Schüssel selber verdünnt seinen grünen Tee und ist bereits so dünn, dass er in Italien nicht mehr auf den Laufsteg darf. HC Strache geht bei seinen Wehrübungen an der deutschen Gulaschkanone vorbei und robbt dafür einmal öfter durch den Schlamm. Asche auf sein Haupt. Wer in den Himmel will, muss leiden. Wird Strache dann Petrus oder Gott auch diese Fotos erklären müssen oder kommt er direkt ungefragt in den Raum zu Norbert Burger? Ich selber bin protestantisch und darf nicht beichten. Ich muss zu teuren Psychotherapeuten, während das bei meinen katholischen Freunden in der Kirchensteuer inbegriffen ist. Also quasi christlich all inclusive, während ich eher christlich mit Halbpension bin. Dafür komm ich nicht ins Fegefeuer, was vielleicht Menschen wie Herr Strache am Protestantismus beneidenswert finden. Ich war noch nie beichten und stelle mir die Beichte etwa so vor:

Pfarrer: Morgen!
Stermann: Morgen!

Pfarrer: Also. Alle zehn Gebote gebrochen?
Stermann: Nein. Nur einige.
Pfarrer: Geht doch. Zigarette?
Stermann: Gerne.
Pfarrer: Marihuana? Riecht wie Weihrauch.
Stermann: Danke, nein. Wars das?
Pfarrer: Jaja. Kinderkacke. Servus, Stermann.
Stermann: Servus, Herr Pfarrer.

Ich stell mir das so vor, weil in meiner Schule evangelische Alt-68er Religion unterrichtet haben. Kurz, in meiner Schule nannte man kiffen »Religion«. Vielleicht sieht eine Beichte beim Mercedarier-Orden von Ewald Stadler ja anders aus. Wobei das Kostüm, in dem man auf den Fotos Ewald Stadler beim Predigen gesehen hat, lustig aussieht. Ein wenig schauts nach Villacher Fasching aus. Wenn Prediger Stadler mir die Beichte abnimmt, stell ich mir das so vor:

Prediger Stadler: Hast du gesündigt?
Stermann: Manchmal.
Prediger Stadler: Was hast du gewählt?
Stermann: Das geht Sie doch nichts an.
Prediger Stadler: 5000 Vaterunser, 10000 Rosenkränze, dann Vorhölle.
Stermann: Ich dachte, die Vorhölle wurde abgeschafft.
Prediger Stadler: Kein Problem. Dann sofort in Hölle und Fegefeuer.
Stermann: Nichts für ungut. Cooles Outfit, Herr Pfarrer.

So sind sie, die Wertekonservativen, die liebenswerten katholischen Fundamentalisten. Ich bin ja selber wertekonservativ. Ich hab mal minutenlang auf einen Aufkleber gestarrt, weil ich ihn grammatikalisch nicht verstand. »Gott übte nur, als sie den Mann schuf«, stand darauf. »Sie«? Obwohl ich bekiffte Altlinke in Religion hatte, hatte ich nie daran gedacht, dass Gott eine Frau ist. Und als ich den Aufkleber endlich verstand, war mir mein Chauvinismus sehr peinlich. Aber wenn ich mir jetzt hier an meinem Schreibtisch noch einmal die Strache-Fotos im Unterholz und die Stadler-Fotos mit dem religiösen Fantasiegewand anschaue, verstehe ich den Aufkleber ganz gut. Wahrscheinlich übte Gott bei diesen beiden Herren wirklich nur. Ich werf es ihr nicht vor.

Bitte diesen Sitzplatz bei Bedarf zu überlassen
Danke für den Sitzplatz

Nursultan

Österreich: Land der Äcker, Land am Strome, eingebettet zwischen Kasachstan und Turkmenistan, zumindest nationalfeiertagstechnisch. Denn am 25. Oktober begeht der stolze Kasache alljährlich seinen »Tag der Republik«, dann kommt das stolze Österreich am 26. und am nächsten Morgen hisst der stolze Turkmene seine Fahne. Man könnte sich natürlich auch mit den Kasachen und den Turkmenen zusammenschließen und gemeinsam eine staatstragende Party ausrichten. Nationalfeiertage haben immer so etwas Ausschließendes. Die Turkmenen laden uns nicht ein, und dass Sie noch nie mit den Kasachen zusammen gefeiert haben, muss ich Ihnen ja nicht erzählen. Das wissen Sie selbst viel besser als ich. Völkerverbindend wäre es, wenn immer drei Länder zusammen feiern müssen oder wenigstens zwei. Zum Beispiel wir und Kasachstan. Dieses ständig Nationale führt ja eigentlich zu nichts, sogar Hitler wär heute wahrscheinlich für die EU. Warum also nicht immer den kalendarischen Nachbarn nehmen und zusammen einen Inter-Nationalfeiertag begehen? Einmal in Wien, dann in Astana, der wunderschönen Hauptstadt unserer neuen kasachischen Freunde. Wörtlich übersetzt bedeutet Astana »Hauptstadt«, was ein sehr passender Name für eine Hauptstadt ist. Astana war früher völlig unbedeutend und hatte auch einen anderen Namen, der wörtlich übersetzt »Weißes Grab« hieß. Ein schlechter Name für eine Stadt. Der jetzige Präsident, Nursultan Nasarbajew, hat Astana erst 1997 zur

Hauptstadt erklärt. Schöne Gebäude wird man in Astana vergeblich suchen, aber für so etwas gibt es ja Wien, Paris oder Rom. Es wäre wirklich gut, wenn Sie sich etwas mit diesem wunderschönen Land beschäftigen würden. Gott sei Dank hat uns der sympathische Pfundskerl Borat dieses interessante Land in der vorderasiatischen Steppe bereits nähergebracht, dafür sollte man ihm irgendwo zwischen der »Kasachischen Schwelle« und der »Kaspischen Senke« ein Denkmal setzen. Oder vielleicht in Semipalatinsk, wo von 1949 bis 1989 auf dem Atomtestgelände fast 500 Atomtests durchgeführt worden sind, 124 davon oberirdisch. Das stark verseuchte Areal wurde 1991 geschlossen. Ein Besuch lohnt sich sicher.

Hätten Sie nicht auch mal Lust, die kasachische Zieselmaus zu beobachten oder die Kropfgazelle? Das kann man alles in diesem rohstoffreichen Land machen. Die grundgütige Bevölkerung würde sich bestimmt über einen Besuch freuen. Neben den Kasachen gibt es in Kasachstan freundliche Usbeken, liebenswerte Tschuwaschen, hilfsbereite Karakalpaken, pfiffige Tscherkessen, fesche Zachuren und spitzbübische Dunganen.

Seien Sie dabei, wenn irgendwo in der Steppe am 25. Oktober die schöne kasachische Fahne gehisst wird. Blau ist sie, mit einer gelben Sonne in der Mitte, darunter ein gelber Vogel und an der Seite hat die Flagge eine hübsche, gelbe Zierleiste. Vielleicht haben diese Ornamente auch eine Bedeutung, das müsste man mal den kasachischen Präsidenten fragen. Nursultan Nasarbajew pflegt einen eher rustikalen Regierungsstil. Man sollte ihn nicht gleich verurteilen, nur weil 2006 der Oppositionspolitiker Altynbek Sarsenbajew ermordet wurde. Vielleicht wäre es aber besser, ihn nicht danach zu fragen. Das ist ja auch unhöflich am kasachischen »Tag der Republik«. Die Opposition ist nun mal in ihren Rechten stark eingeschränkt, da kann der Präsident auch nichts machen. Bei den Wahlen im August errang die Partei von Nasarbajew 88 Prozent der Stimmen. Ein ganz tolles Ergebnis, das wird auch nicht durch blöde Kritik aus dem Westen geschmälert. Da keine der sechs angetretenen Oppositionsparteien die 7-Prozent-Hürde überwinden konnte, besetzt damit jetzt die Partei des Präsidenten alle 98 Sitze des Parlaments. Gratulation! Das nenn ich Erfolg. Alle wichtigen Ämter werden von Familienmitgliedern bekleidet. Auch das ist gut. Ein bisschen wie die Prölls. Nasarbajew ist Präsident auf Lebenszeit, das wär doch für einen Lebensminister auch nur folgerichtig, wie der dicke Bub Josef Pröll früher einer war. Die Prölls sind die österreichischen Kennedys oder Bushs. Ob der Pröll-Clan schon mal in Astana war?

Dass Sacha Baron Cohen nach dem Kasachen »Borat« dann als »Bruno« in Österreich tolle Abenteuer erlebte, zeigt doch nur, welche große Nähe zwischen unseren beiden Ländern herrscht.

Aber natürlich könnten wir auch mit den Turkmenen gemeinsam Nationalfeiertag feiern, die sind einen Tag nach uns dran und sind auch spitze.

COPD in den Bergen

Meine Lieblingskarikatur: Zwei Langhaarige in Uniform stehen in den späten 30er-Jahren mit einem Transparent neben der Autobahn. Auf dem Transparent steht: »Ökologen in der NSDAP« und der eine sagt zum anderen: »Hitler mag ich, aber das mit den Autobahnen hätte nicht sein müssen.« Meine Großeltern waren im Dritten Reich im Widerstand. Sie sollten für die Autobahn ihr Grundstück hergeben, weigerten sich aber und so verlief die Autobahn Frankfurt-München direkt durch ihre Küche. Ich kann mich an viele Abende im Haus meiner Großeltern erinnern, wo ich den Autofahrern im Stau Milch aus Omas Kühlschrank gebracht habe. Am unangenehmsten wars, wenn in der Küche überholt wurde, und natürlich der Schwerverkehr. Manche LKW hatten Obst oder Butter oder Pferdefleisch geladen, dann schlugen wir blitzschnell die Plane des Anhängers zurück und stibitzten uns alles, was das Herz begehrt. Wer heute in Tirol lebt, wird ungefähr wissen, wie meine Großeltern sich fühlten. Auf jeden Tiroler kommen am Tag 75 000 Schwerlaster, zwei Millionen PKW und 8000 Motorräder, wobei die Motorräder ein Problem sind, das sich oft schon innerhalb der ersten schönen Frühlingstage von selbst erledigt. Durch Tirol wird von Süd nach Nord und oben nach unten gebrettert, der Brenner heißt so, weil es so heiß hergeht. Für die Menschen, die auf den Autobahnen wohnen, ist das natürlich unzumutbar. Ich bin einmal mit einem alten, russischen Lastwagen in einem Tunnel liegengeblieben. Ich war auf dem Weg in den Urlaub im Süden, aber der Wagen machte keinen Mucks mehr. Also verbrachte ich die zwei Wochen Sommerurlaub im Tunnel. Seit damals bin ich auch Umweltaktivist. Versuchen Sie mal, einen ruhigen und erholsamen Urlaub im Pfändertunnel zu verbringen. Von Nachtruhe keine Spur und wegen der Dunkelheit macht das Lesen eines guten Buches auch keinen Spaß. Immer muss man versuchen, das Buch so zu halten, dass die Scheinwerfer der vorbeirasenden Autos die Buchstaben kurz aufleuchten lassen. Sehr müde macht das und man wird im Tunnel zum reinsten Lesemuffel. Der einzige Vorteil: Man muss sich nicht mit Sonnencreme eincremen. Aber sonst? Der Pfändertunnel ist in den Bergen, aber im Innern des Tunnels ist von guter und frischer Bergluft wenig zu spüren. Nach den Ferien im Tunnel hatte ich sehr zur Überraschung der Mediziner einen Krupp- und einen Mannesmann-Husten. Offensichtlich beeinträchtigen Abgase tatsächlich die Atemwege. Meine Atemwege sahen im Röntgen aus wie kochender Asphalt. Wenn Sie zu Hause auch einmal erfahren wollen, wie es für Tiroler ist, die auf und an der Brennerautobahn leben, mieten Sie sich einen Kleinwagen und leiten Sie die Abgase mit einem Benzinschlauch direkt in Ihre Bronchien. Das machen Sie nonstop eine Woche lang, dann wissen Sie, was Tiroler Bronchien pro Minute aushalten müssen.

Man hat ausgerechnet, dass pro Jahr nur zwei Autos in Tirol fahren dürften, damit Österreich das Kyoto-Ziel zumindest als Letzter erreicht. Diese Autos müssten aber auch beide solarbetrieben sein, und die Fahrer müssten Vegetarier sein und Grün wählen. Da aber bald der Liter Benzin mehr als ein Einfamilienhaus in Florida kostet, wirds wohl so kommen. Bis dahin wird man zunehmend nur Schwerreiche in Schwerlastern sehen. Mit kaviarverschmierten Mündern und einer goldenen Rolex im Armaturenbrett. Russen, für die das Löschen des brennenden Reaktors in Tschernobyl das Äußerste an Umweltschutz ist, was sie sich vorstellen können. Reichen Russen ist das Transitproblem natürlich egal. Bevor es einen Stau gibt, kaufen sie einfach die Brennerautobahn, so wie sie Kitzbühel gekauft haben, um nicht erleben zu müssen, dass Hotels ausgebucht sind. A1 hat auch eine Autobahn gekauft, werden sich die Oligarchen denken, dann ist das für einen Russen, dem das ganze Erdgas der Erde gehört, ein Klaxmax. Und wir? Wir einfachen und ehrlichen und fleißigen kleinen Rädchen im Fahrzeug Österreich? Wir werden auf lange Sicht wieder lernen müssen, zu Fuß zu gehen. Manchmal, wenn wir blond und hübsch sind, nimmt uns vielleicht ein Russe in seinem Hummer XXXXL mit, aber wenn der Zentiliter Super in zwei oder drei Jahren nicht mehr unter fünf Millionen Euro zu haben sein wird, werden wir uns alle Hape Kerkelings Buch »Ich bin dann mal weg« noch einmal durchlesen und jeden Weg zum Jakobsweg machen. Oder wir machens wie Hugo Simon und reiten. Wie früher, vorm Transitproblem. Ein hübsches Bild: Die A2 voll mit Fiakern. Dann braucht man von Wien nach Grado wieder zwei Wochen, wird also wahrscheinlich zu Hause bleiben. Wo es eh am schönsten ist. Und wer mag, kann sich ja sehnsuchtsvoll den Bildband »Österreichs schönste Autobahnen« ansehen.

Erdäpfelliteratur

Lieber Leser, liebe Leserin. Nein. Schlechter Beginn. Unglaublich schlechter beginn. (Und jetzt schreib ich auch noch »beginn« klein. Was ist denn los mit mir!) Mit so einem beginn lässt sich nur schwer vermitteln, weshalb ich so hoch bezahlt bin. »Lieber Leser, liebe Leserin«, so könnten auch legasthenische Analphabeten einen Text beginnen oder Menschen, die das Wort »Analphabeten« falsch aussprechen, nämlich nicht auf das »An« betonen, sondern auf das »al«. Ich beginne also neu. In jedem Neubeginn steckt auch ein Neubeginn. Ein echter Neubeginn war der 16. August 1913, der Tag, an dem in Brest-Litowsk Menachem Begin geboren wurde. Ob die Leute damals riefen: »Kommt alle her, hier ist ein echter, neuer Begin«? Und als er 1977 Ministerpräsident von Israel wurde, da konnte man auch von einem »Neubegin« fürs Land sprechen. 1983 trat er zurück, da war der Begin am Ende und 1992 starb der Begin. Wie doppelt tragisch das klingt. Menachem Begin ist das Gegenteil von Michael Ende und hätte, damit das alles einen Sinn ergibt, eigentlich nach Ende auf die Welt gekommen sein müssen, aber Ende ist jünger als Begin. Michael Ende hat »Jim Knopf und Lukas der Lokomotivführer« geschrieben, ein eigentlich sehr nettes Kinderbuch, das aber seit dem Eisenbahnerstreik in Deutschland einen schalen Beigeschmack hat. Für die »Unendliche Geschichte«, die der Streik Gott sei Dank ja nicht geworden ist, hat Ende 1979 den mir zwar unbekannten, aber wahrscheinlich dennoch ungemein wichtigen Literaturpreis »Buxtehuder Bulle« gewonnen. Fürs gleiche Buch erhielt er ein Jahr später den »Silbernen Griffel«. Wer denkt sich Namen für Kulturpreise aus? Salzburger Stierhoden, Rostiger Kleinstkunstnagel, Karlsruher Currypfanne, Duisburger Flasche, das kenn ich leider alles aus der Kabarettwelt. Aber dass die Literatur da mitzieht? Hier einige tatsächlich vergebene Literaturpreise:

- Das Goldene Segel von Bad Zwischenahn
- Frosch-Prinzip-Wettbewerb Mönchengladbach
- Günter-Bruno-Fuchs-Literaturpreis. Prosa, Lyrik oder Dramatik zum Thema: »Schichtwechsel bei der Stadtreinigung«
- Kartoffelkrimi-Wettbewerb. Kurzkrimis mit Bezug zur Kartoffel. Gestiftet von der Stadt Erbach im Odenwald anlässlich der 16. Odenwälder Kartoffelwochen

Glaubt man der Erbacher Presse, haben 400 Autoren einen Kartoffelkrimi eingereicht. Da hat man wohl den Nerv der Zeit getroffen, und ich bin dankbar, auf diese Weise einen Neubeginn für diesen Text gefunden zu haben.

Jim Knopf und das leckere Kartoffelrind
eingereicht von Dirk Stermann
als Beitrag zum Erbacher Kartoffelkrimi-Wettbewerb

Am leckersten sind Kartoffeln, wenn man sie einem Tier in den Arsch steckt und dann das ganze Tier grillt. Heurige schmecken am besten in einer Kuh, festkochende in einem Schwein und Sieglinde, mmh, in einem Ochsen. Jim Knopf, der Starkoch Gerer zwei seiner Lieblingshauben gestohlen hatte, wartete mit den zwei Hauben auf dem Kopf auf den Schichtwechsel bei der Stadtreinigung und schlich sich dann, mit einer Günter-Bruno-Fuchs-Maske auf dem Gesicht, in die Garage der Stadtreinigung, entwendete einen Müllwagen und raste in den Odenwald. Er nannte diese Art der Fahrzeugbeschaffung das »Frosch-Prinzip«. Im Odenwald überfiel er mehrere Bauernhöfe, die Kühe, Schweine, Kartoffeln und Ochsen ließ er im Müllwagen verschwinden. Das wird total lecker, dachte Knopf ununterbrochen und der Gusto stieg derart in ihm auf, dass er mitten im Ortskern von Erbach ein Feuer machte und die guten Sieglinde-Kartoffeln dem Ochsen hinten reinschob, dem das anfangs zu gefallen schien, aber das Feuer mochte der Ochs dann nicht. Jedes Ende ist auch ein Neubeginn, rief Knopf ihm zu. Der Ochs nickte resigniert und die Kartoffeln im Ochsen schmeckten, wie soll man es beschreiben, so gut, dass der »Gault Millau« Hauben über Hauben geworfen hätte. Aber hätte Karl Hohenlohe, Herausgeber der lukullischen Postille, einem Mann wie Knopf wirklich eine Auszeichnung verliehen? Immerhin waren die Zutaten für das leckere Essen allesamt geklaut und sogar die Kochuniform!

Mit dieser ungemein moralischen Frage hätte ich die Juroren des Erbacher Kartoffelkrimi-Wettbewerbs zu heißen Diskussionen gezwungen. Aber ich bin zu spät dran. Der Kartoffelpreis wurde bereits im vergangenen Jahr vergeben. Gewonnen hat der Text »Das Kartoffel-Komplott«. Den möchte ich auch sehr gerne einmal lesen.

Zuggespräche in Georgien

Wenn mir langweilig ist, betrinke ich mich oft und buche Reisen, die ich nüchtern niemals in Betracht zöge. So fand ich mich im vergangenen Herbst in einem georgischen Zug wieder, der vom Kaspischen ans Schwarze Meer fuhr. In meinem Abteil saßen drei Männer. Ein Österreicher (Ö), ein Deutscher (D) und ein Russe (R), der in seiner georgischen Nationaltracht einen prachtvollen Anblick bot. Er trug eine kaukasische Tschocha, einen knielangen Mantel aus Wolle, dazu Stiefelhosen und auf dem Kopf saß ein grauer Papachi, ein hoher Hut aus Schaffell. Die Fahrt dauerte fast 24 Stunden. Ich hielt die Augen geschlossen, um nicht in die merkwürdigen Gespräche meiner Mitreisenden eingebunden zu werden. In meinem kleinen Kalender aus Ziegenleder schrieb ich ihre Gespräche heimlich mit.

24. 10. 2009/4.30 Uhr/Bordshomi

D: Sie haben da was am Unterkiefer. Einen kleinen Laubfrosch, glaube ich.

Ö: Ich weiß. Aber wenn er Sie da stört, nehm ich ihn gerne da weg.

D: Sie hätten ihn da ruhig lassen können. Stört mich nicht. Ah, Bordshomi. Waren Sie schon mal in Bordshomi? Eine hochinteressante Stadt. In Bordshomi hat die nationale georgische Akademie der Wissenschaften in den 40er-Jahren Experimente gemacht, die im Ausland sehr kritisiert wurden. Man hat Frösche mit Menschen gekreuzt.

Ö: Ich weiß. Sergej Bubkas Vater kommt aus Bordshomi. Angeblich hätte der Bubka ja beim Stabhochspringen locker 40 Meter hoch springen können, hat er aber nicht gemacht, um die anderen nicht zu demütigen.

D: Bubka kann auch seine Zunge rausschnalzen und Insekten in 20 Metern Entfernung mit der Zunge fangen. Seine Zunge ist 20 Meter lang. Manchmal macht ers, fürs georgische Fernsehen. Sieht spektakulär aus.

Ö: Aber seine Haut ist immer feucht und im Wasser macht er merkwürdige Geräusche.

D: Ja, stimmt. Solche. (Machts nach.) Das macht sicher einsam.

Ö: Ja, stimmt. Er lebt ja angeblich mit einer jungen Kaulquappe zusammen.

D: Wo haben Sie das denn her.

Ö: Der Magister hats mir erzählt. Stimmts?

R: Ja, stimmt. Sie treten beide für das Verbot auf, Froschschenkel zu essen.

D: Verständlich.

24. 10. 2009/4.55 Uhr/Bakuriani

D: Oh. Schauen Sie mal, das ist Bakuriani. Hier hat mein Nachbar Zivildienst gemacht.

Ö: Ihr Nachbar ist Georgier?

D: Ja, er kommt aus der Hauptstadt Tiflis, aber hier hat er in den 90er-Jahren Zivildienst gemacht. Als Panzerfahrer und MG-Schütze.

Ö: Ich dachte, er hat Zivildienst gemacht.

D: Hat er auch, aber Zivildienst heißt in Georgien, dass man nicht auf feindliche Soldaten schießt, sondern nur auf Zivilisten. In Georgien wird man auch zur freiwilligen

Feuerwehr gezwungen, vieles ist hier anders. Zum Beispiel ist es so, dass in Georgien alle Menschen betteln, nur ein paar lungern an U-Bahn-Stationen rum oder in Fußgängerzonen und wollen arbeiten. Die werden von der Polizei sofort vertrieben. Arbeiten und hausieren ist in Georgien verboten.

Ö: Und Straßenmusik?

D: Musik machen darf man nur in U-Bahnen und auf der Straße, wenn man danach Geld verlangt. Gratis Musik machen ist verboten und Musik hören, ohne dafür etwas in einen Hut zu werfen, auch. Die einzige legale Arbeit ist Trickbetrug. Hütchenspielen und so. Wenn man ein Baby hat und sich nicht mit dem Baby im Arm auf die Straße setzt, um zu betteln, wird einem das Baby weggenommen und einem ordentlichen Bettler geschenkt. Da greift die Polizei hart durch.

Ö: Aber Polizist ist doch ein regulärer Beruf, ich dachte, die dürfen nicht arbeiten.

D: Nein, Polizisten betteln. Sie werden nicht vom Staat bezahlt, dafür ist Korruption von Gesetzes wegen nicht nur erlaubt, sondern verpflichtend. Stimmt doch, Herr Magister?

R: Ja, im Gefängnis von Bakuriani sitzen nur ein paar Polizisten, die nicht bestechlich waren. Ein großes Verbrechen in Georgien. Todesstrafe, Rübe ab!

24. 10. 2009/5.49 Uhr/Liachwi und Arawgi

D: Da unten, der Zusammenfluss der Flüsse Liachwi und Arawgi. Muss man genau hinsehen, es sind die beiden kleinsten Flüsse der Welt. Der Liachwi ist nur drei Millimeter tief …

Ö: Und der Arawgi nur zwei Millimeter breit.

D: Der Liachwi ist auch nur 25 Zentimeter lang …

Ö: Und damit doppelt so lang wie der Arawgi. 12,8 Zentimeter. Aber wenn sie zusammenlaufen, werden sie zum reißenden Mtkwari-Fluss: bis zu 200 Meter tief und an der breitesten Stelle 49 Kilometer breit. Trotzdem führen Liachwi und Arawgi mehr Wasser als der viel größere Mtkwari-Fluss. Ein Rätsel.

D: Kein Rätsel. Georgische Norm. Das Gebirge bei Chewi ist ja wesentlich flacher als das Tal von Chewi. Oben auf der Bergspitze befindet man sich 1200 Meter überm Meeresspiegel, unten im Tal auf fast 2000 Metern. Es schneit ja auch nur, wenns minimum 30 Grad hat, während große Dürre herrscht, wenns friert. Georgien ist nun mal ein interessantes Land.

Ö: Vögel können nicht fliegen, dafür können Katzen pfeifen. Und wenn es regnet, wird das Land nicht nass.

D: Weil Georgien komplett überdacht ist, deshalb können die Vögel ja nicht fliegen.

Ö: Aha, und weils überdacht ist, können die Katzen pfeifen, oder was?

R: Die Katzen pfeifen auf Georgien, weil sie in Georgien Steuern zahlen müssen. Das einzige Land der Welt, wo Katzen Steuern zahlen müssen.

D: Wahrscheinlich ist das Dach so teuer.

24. 10. 2009/6.26 Uhr/Kacheti

D: Können Sie sich noch an die Mineralwasserverkäuferin aus Kacheti erinnern, die keine Flaschen hatte und deshalb zwei Liter Wasser über meinen Kopf schüttete?

Ö: Ja, natürlich. Bei der haben Sie ja auch Apfelmus gekauft, und sie hatte auch keine Gläser fürs Apfelmus und hat Ihnen das ganze Mus übern Schädel gekippt. Warum haben Sie eigentlich auch noch Honig gekauft? Hätten Sie es sich nicht denken können, was passiert?

D: Dass sie mir die fünf Liter Honig über den Kopf schüttet? Nein, ich dachte, sie hätte wenigstens einen Honigtopf.

Ö: Tat das eigentlich weh? Neben dem Stand der Mineralwasserverkäuferin in Kacheti war ja ein riesiger Bienenstock.

D: Der Arzt hat 35 000 Bienenstiche gezählt. Er wollte mir eine Spritze mit Gegengift spritzen, aber er hatte keine Kanüle, darum hat er mir das Serum einfach über den Kopf geschüttet.

Ö: Es sieht so aus, als gäbe es in Kacheti einen Gefäßengpass.

D: Wieso glauben Sie das? Weil man das Bier im Mund lagern muss, weils keine Fässer gibt?

Ö: Zum Beispiel. Aber auch weil alle Kacheter unglaublich viel Shampoo auf dem Kopf haben.

D: Sie haben keine Shampooflaschen. Darum lassen sie sich einmal im Jahr den ganzen Jahresvorrat auf den Kopf schütten. Wollen Sie ein Gläschen kachetischen Kognac?

Ö: Gern, aber wie haben Sie den transportiert? Es gibt doch keine Kognacflaschen.

D: Der Magister hat den Kognac für mich mitgenommen. Ein bisschen Kognac für meinen Bekannten, bitte. Spucken Sie ihm den edlen Tropfen gleich in den Mund!

24. 10. 2009/7.15 Uhr/Pschawi

D: Wir müssten jetzt bald in Pschawi sein. Pschawi – Wiege des Golfsports.

Ö: In Pschawi befindet sich der erste Golfplatz der Welt. Ein Loch nur. Aber was für ein Loch.

D: Noch nie hat jemand eingelocht. Weils sehr schwer ist. Das Loch ist mitten in einem See. Der See ist vollkommen mit Schlingpflanzen und Bäumen überwuchert.

Ö: Und während man spielt, wird man ständig von sehr aggressiven Wildschweinen angegriffen. Außerdem liegt der Golfplatz in einem Windloch, das heißt, es herrscht fortwährend Orkan. Windstärken zwischen 15 und 16. Bälle fliegen, wie sie wollen, weil der Wind andauernd dreht.

D: Angeblich hat nur ein Caddy mal eingelocht. Ein neunjähriger Bub aus Pschawi. Aber als er nachsehen wollte, ist er von einem der vielen Welse angefallen worden, die im See rund ums Loch lauern. Man hat nie mehr was von ihm gehört, soviel ich weiß.

Hier nickte ich kurz ein.

Ignaz Zwentl vs. Gina Gewalt

Ich bin so tief eingeschlafen, ich träumte, ich würde niemals wieder wach. In meinem Arm lag ein altes, verstaubtes Buch: »Mein Leben vom provisorischen Magistratskonzipisten in der Kaffeesiederinnung zum Oberamtsoberrat Fachinspektor«.

Geschrieben hat das langweiligste Buch der Welt ein gewisser Oberamtsoberrat Fachinspektor Ignaz Zwentl 1909. Warum hat er ein so langweiliges Buch geschrieben? Damit ich 100 Jahre später gut schlafen kann. Exakt beschreibt der noch als Toter Fadgas ausströmende Ignaz Zwentl die genaue Anzahl an Einspännern, kleinen Braunen und Verlängerten, die er in seinen Lehrjahren brühte und zu Tischen trug. Seine übergroße Freude, vom provisorischen zum ordentlichen Magistratskonzipisten befördert zu werden, drückt Ignaz Zwentl so aus: »Ich trank, zufrieden mit mir selbst, einen doppelten Neumann. Nun galt es, Amtsrat, Amtsoberrat und Oberamtsoberrat zu werden.«

Das war der Moment, in dem ich einschlief. Schon der Titel »Mein Leben vom provisorischen Magistratskonzipisten in der Kaffeesiederinnung zum Oberamtsoberrat Fachinspektor« hatte mir verraten, dass Zwentl es wohl geschafft haben musste. Wie, war mir scheißegal.

Seitdem ich in einer ARD-Doku über eine Bremer Gesamtschule den Namen »Gina Gewalt« eingeblendet sah und ein junges Mädchen erblickte, das sehr schön sang, und dann auch noch erfuhr, dass Gina Gewalt in einem SOS-Kinderdorf aufwächst und wirklich so heißt und davon träumt, Einzelhandelskauffrau oder Lackiererin zu werden, weil ihr das wirklich und glaubhaft während eines Praktikums gefallen hatte, seitdem muss man schon mehr auffahren als öde Kaffeesiederinnungskarrieren, um mich zu berühren. Man liest ja Biografien, um selber Schlüsse fürs eigene Leben daraus zu ziehen. Da ich nie in einem SOS-Kinderdorf aufgewachsen bin, liegt es mir fern, Lackiererin zu werden, aber ich schwöre, ich würde mich lieber geschlechtsumwandeln und Einzelhandelskauffrau werden, als mir selber mit einer Melange zuzuprosten, weil ich Oberoffizial Fachoberinspektorsanwärterkonzipist geworden bin. Gina Gewalt – was für ein Name. SOS, hier kommt Gina Gewalt. »Ignaz Zwentl« dagegen, ein grunzzufriedener Kellner aus Oberösterreich, der es in Wien zu etwas bringen wollte, wie kalter Kaffee kommt so ein Leben daher. Das reicht nicht für ein Best-of-Album. Wie leer muss man sein, um alleine mit einem Kaffee in der Hand auf einen lächerlichen Titel anzustoßen?

Todesanzeigen lese ich, um gut vorbereitet zu sein. Wie alt man sein kann, wenn man stirbt. Kein Alter könnte mich mehr überraschen. Immer schlägt das Ende irgendwann zu. Es gibt die halbseitigen Todesanzeigen, groß und teuer wie prachtvolle Mausoleen aus Marmor am Zentralfriedhof. Da las ich, dass in Wien 79-jährig der Baurat Prof.h.c.Dipl.Ing. Dr.Tech.Dr.e.H. Hofrat Helmut Obermayer gestorben sei. Es trauert Hofratswitwe Obersonderkindergärtnerin Mag. Ilse Obermayer.

Wow, dachte ich und wurde gewaltig traurig. Als um die vorletzte Jahrhundertwende die Gymnasiallehrer um eine Gehaltserhöhung ansuchten, waren die Staatskassen leer. Da fand der Kaiser Franz Joseph eine österreichische Lösung. Jeder Lehrer durfte sich fortan »Professor« nennen, natürlich bei Fortbestand seiner alten Besoldung. Damals entstand der Begriff »Titel ohne Mittel«. Bei so vielen Titeln heißt das, der arme Baurat Prof. HC Dipl.Ing.Dr.Tech. Dr.e.H.Hofrat Obermayer ist völlig verarmt gestorben? Und seine Witwe muss in einem SOS-Kinderdorf arbeiten gehen? Wie muss man sich das vorstellen? Kommt sie im verlausten Pelzmantel ins Bremer SOS-Kinderdorf und sagt: »Grüß Gott, ich bin die Hofratswitwe Obersonderkindergärtnerin Mag. Obermayer, und wer bist du?«

»Ich bin Gina Gewalt und ich lackier dir jetzt den Pelz. Damit du dir das merkst, Tante: Nur Tiere und Schlampen tragen Pelze!«

Drei schlechte Familien

Die **Biers** aus Eschbach-Vorderglemm sind eine unauffällige Patchwork-Familie neueren Zuschnitts. Die Eschbacher und Vorderglemmer sind einfache Leute, die Ordnung lieben und Inländer, Fremden und Fremdem gegenüber aber, vorsichtig formuliert, ein bisschen reserviert sind. Kein Wunder, dass die ortsansässigen Biers nicht das Bier der Eschbacher und Vorderglemmer sind. Vater Benny ist mit Mutter Irmi nicht verheiratet, nicht verlobt, sie sind auch nicht verliebt und nicht zusammen. Irmi hat ein Verhältnis mit Louis, dem Freund ihrer unehelichen Tochter Debbie, die dafür mit Vater Bennys Freund Connie schläft, dem schwulen Vater von Louis. Großvater Eberhard Bier und Großmutter Elli haben aus religiösen Gründen nach, vor und während ihrer Ehe keinen Sex gehabt, sodass man sich in Eschbach-Vorderglemm immer schon fragte, wie eigentlich Benny entstanden ist, der heute 47-Jährige. Seine Schwester Rosi, die also die Tante ist von Debbie, ist gleichaltrig und gleichzeitig die Mutter von Louis, dem Freund ihrer Nichte und die Ex-Geliebte von Vater Bennys schwulem Freund Connie, der wiederum vor seinem Comingout eine heiße Affaire mit Oma Elli hatte, die aus religiöser Sicht nichts gegen den Sex mit Connie einzuwenden hatte, sodass eigentlich nur der schwule Connie als Vater von Vater Benny Bier in Betracht kommt, sodass Vater und Sohn heute in wilder Ehe zusammenleben. So ist Debbie mit ihrem schwulen Großvater intim, um sich an ihrer Mutter zu rächen, die mit ihrem Neffen, bzw. Debbies Cousin schläft, der eventuell ihr Bruder ist, weil zu der Zeit, als Oma Elli mit dem schwulen Connie schlief, auch Mutter Irmi in Connies Bettchen kroch, man kann also nicht sagen, wer eigentlich wirklich Debbies Vater ist, ist aber egal, der Vater bleibt auf jeden Fall in der Familie. In der Monatszeitung »Eschbach-Vorderglemmer Wochenblatt« wurden die Biers jetzt zur schlechtesten Familie der Stadt gekürt. Vorsichtig formuliert war es dann so, dass die Biers von den Bewohnern Eschbach-Vorderglemms aus der Stadt hinausbegleitet wurden, wo ihnen sanft erklärt wurde, dass man auf eine Rückkehr der Biers nicht unbedingt warte. Heute leben die Biers ihr verwirrendes Familiengeflecht außerhalb der Stadt in einem unauffälligen Transformatorenhäuschen des Eschbacher Elektrizitätswerks.

Die Familie **Bönkert** kommt aus Grenzfurth-Eschingen-Wollitzerrode im Böhmischen Wald. Die Bönkerts wohnen in einer ehemaligen Bunkeranlage, die Vater Alf liebevoll restauriert hat. Alf leitet einen Fischverleih im nahen Marienkron-Altweibersdamm. Er verleiht Dorsche, Karpfen und Welse, vor allem an Touristen, aber auch an Städter aus dem nahen Wurzenbergbach-Karabach, der Bezirkshauptstadt des Bezirkes Weihrauch-Eschingen. Alf Bönkert ist 49 Jahre alt und gilt in Grenzfurth-Eschingen-Wollitzerrode als cholerischer und ungebildeter Tyrann, der seiner Familie ein würdiges Oberhaupt ist, sind doch alle Bönkerts aggressiv und haben ein sehr hohes Gewaltpotenzial. Alfs Frau Rieke ist zwölf Jahre älter als ihr Mann, gelernte Hufschmiedin und begeisterte Waldhornistin. Bis zu zwölf Stunden täglich bläst die lungenstarke Rieke ins Horn, zu dieser Zeit kann man nicht nur in Grenzfurth-Eschingen-Wollitzerrode sein eigenes Wort nicht mehr verstehen, bis nach Marienkron-Altweibersdamm und Wurzenbergbach-

Karabach schallt es ohrenbetäubend. Rieke ist auffallend stark behaart und seit einem Unfall mit einer Planierraupe leicht gehbehindert. Rieke ist oft missmutig und lässt ihre schlechten Stimmungen vor allem an Alfs Mutter aus, der 89-jährigen, noch immer steckbrieflich gesuchten Mary-Lou Bönkert, die aus niedrigsten Beweggründen für einige der abscheulichsten Verbrechen des Bezirks Weihrauch-Eschingen verantwortlich zeichnet. Mary-Lou ist habgierig, sonst hat sie keine Charaktereigenschaft. Mary-Lous Stellung in der Familie Bönkert hat sich sehr verschlechtert, seit sie die jungen Kätzchen der Zwillinge Rudi und Woody vor deren Augen mit der Hand in Stücke gerissen hat. Rudi und Woody sind beide 13 Jahre alt, stark sehbehindert und von fürcherlichen Haltungsschäden geplagt. Manchmal helfen sie in Alfs Fischverleih aus, die Schule haben sie nach einigen Stunden verlassen. Komplett ist die Familie Bönkert mit der 19-jährigen Rama-Emmanuela. Rama studiert an einer nordkoreanischen Militärakademie und kommt nur in den Ferien nach Grenzfurth-Eschingen-Wollitzerrode. Dann macht sie mit den Zwillingen Schießübungen und Märsche in den nahen Sumpf oder sie zeigt den Jungs, wie man foltert. Oft prügelt sie sich auch ausgiebig mit Mutter Rieke oder betrinkt sich mit Vater Alf oder quält Nachbarstiere zusammen mit Oma Mary-Lou. Die Bönkerts wurden von der nur regional erscheinenden »Grenzfurther Wochenpost« zur schlechtesten Familie des Bezirkes Weihrauch-Eschingen gewählt. Die Redaktionsräume der Wochenpost sind kurz danach den Flammen zum Opfer gefallen und das Reitpferd von Redakteur Willemsen lag in Stücke gerissen auf seinem Schreibtisch.

Herr und Frau **Rodenstock** haben ihren Kindern keine Namen gegeben, sondern sie einfach durchnummeriert. Von 1 bis 7. 1 ist das älteste Kind und 7 folgerichtig das jüngste.

Herr und Frau Rodenstock haben zwar Vornamen, doch sind die im Alltag der vergangenen Jahre verschüttet worden. Wenn Namen nie gebraucht werden, werden sie unnütz und verschwinden. Sie nennen sich Herr und Frau. Herr ist 52 Jahre alt, Frau ist 53. Sie arbeiten als Fischköderzwischenhändler in der Nähe von Heringsdorf an der polnischen Grenze auf einem nur bei Ebbe bewohnbaren Stück Hafenschlick, wo Herr aus Reusen und Treibholz eine Art Hütte gebaut hat, wo alle Kinder von 1 bis 7 das trübe Licht der Welt erblickt haben. Bei Flut muss jeder schauen, wo er bleibt, auch die Kleinsten, 6 und 7. Bei den Rodenstocks ist jeder sich selbst der Nächste, mit ein Grund, warum 3 und 5 seit Jahren als vermisst gelten. Nur ihre nassen Gummistiefel haben sich in der Reuse verfangen. Von 3 und 5 selbst fehlt jede Spur, aber Herr und Frau jammern nicht, nicht weil sie nicht jammern wollen, sondern weil es ihnen egal ist. Ihre Liebe zu den Kindern ist die eines Aals zu einem anderen Aal. Kalt und glitschig geht es zu im Hause Rodenstock. Mit Leuchtfeuern versuchen Herr und Frau immer wieder, Schiffe in die Irre zu leiten und gegen Felsen zu steuern, die gekenterten Boote plündern sie dann aus. Die Kinder sind bewaffnet, selbst der zweieinhalbjährige 7, mit einem hammerähnlichen Gegenstand schlägt er nicht nur gefangene Fische tot, sondern schlägt auch Menschen damit auf den Kopf. In der Hütte der Rodenstocks steht meterhoch die Ostsee, sie essen nicht warm, sondern essen direkt aus dem Meer Makrelen, Heringe, aber auch Algen und Quallen. Deshalb haben sie verunreinigte Magensäfte, die einen ätzenden, säuerlichen Geruch verbreiten. Gegen das salzige Wasser reiben die Rodenstocks ihre Haut mit heißem Teer ein. Oft erschrecken sie Touristen mit ihrem Anblick zu Tode. Der »Heringsdorfer Ostseekurier« hat die Rodenstocks zur schlechtesten Familie des deutschpolnischen Grenzgebiets gewählt. Redakteur Hinricht Hinrichtsen wurde vor wenigen Tagen im Wasser treibend von einem Öltanker gefunden. Er war geteert und gefedert worden.

Hair

Wann immer ich Osterhasen sehe oder streichle, und ich sehe und streichle Osterhasen ganzjährig, nicht nur zu Ostern, denke ich unweigerlich an Barbara Ursler. Wer jemals einem Hasen sein Fell über die Ohren gezogen hat oder mit der Nase so nah ans Hasenfell gekommen ist, dass das Hasenfell die Schleimhäute kitzelt, für den wird das Hasenhaar unvergesslich bleiben. Stellen Sie sich einen Hasen ohne Fell vor. Wen sehen Sie? Stellen Sie sich den Hasen ohne Fell, aber mit Seitenscheitel und randloser Brille im grauen Anzug vor. Jetzt stellen Sie sich vor, er steht auf zwei Beinen vor Ihnen und hat sich die Ohren operativ verkleinern lassen. Er war beim Kieferorthopäden und hat jahrelang eine Klammer getragen, er sagt Dinge wie »Ach, Sie wissen nicht, was die Abkürzung »asap« bedeutet? As soon as possible, mein Herr«. Sie merken schon: Sie selber sind der Osterhase, beziehungsweise: Der Osterhase steckt in jedem von uns. Sie müssen kein Freak sein, um das zu begreifen. Freak bedeutet im Englischen Einfall oder Laune. Barbara Ursler war, was Engländer »freak of nature« nennen, eine Laune der Natur, wie der Osterhase, wie die roten Haare von Boris Becker oder der Schal von HC Strache, der operativ entfernt werden müsste. Barbara Ursler wurde 1633 in Augsburg geboren und sie war mit dem Schausteller Van Beck verheiratet, der sie in ganz Europa zeigte. Warum er sie zeigte? Warum die lieben Europäer zahlten, um sie zu sehen? Warum sie sowohl beim Publikum wie auch bei

Wissenschaftlern für großes Aufsehen sorgte? Könnte ich jetzt auch einmal antworten oder wird das Ganze hier zu einer ostereiersuchartigen Rätselrallye? Soll ich Ihnen erzählen, was ein gewisser John Evelyn 1657 in sein Tagebuch schrieb? Ja.

»Ich hatte die behaarte Frau schon vor 20 Jahren gesehen, als sie ein Kind war. Ihre Augenbrauen waren nach oben gekämmt und ihre Stirn war so dicht und gleichmäßig mit Haaren bedeckt, wie es sonst auf dem Kopf einer Frau wächst. Sie war nett gekleidet, eine sehr lange Locke kam aus jedem Ohr. Sie hatte auch einen sehr langen Bart, und lange Locken wuchsen ihr aus der Mitte der Nase, genau wie bei einem Island-Hund in hellem Braun, fein wie gesponnener Flachs. Sie war sehr gut gebaut und spielte gut auf der Zither.«

Sie wurde 35 Jahre alt. Barbara Ursler war ein Haarmensch. Sie wissen, dass die Überbehaarung dadurch entsteht, dass das embryonale Wollhaar nicht, wie sonst üblich, abgestoßen wird, sondern zu wachsen beginnt. Vielleicht kennen Sie auch die Geschichte von Jo-Jo? Jo-Jo, der Pudelmensch, hieß eigentlich Fedor Petrov und galt, wie alle Haarmenschen um die Jahrhundertwende, als missing link zwischen Mensch und Tier. Und kennen Sie die traurige Geschichte der Julia Pastrana? »Ein warm empfindendes, denkendes, geistig sehr begabtes Wesen mit gefühlvollem Herzen, sinnend und zartfühlend, wissbegierig.« Die mexikanische Kreolin mit dem Affengesicht wurde 1832 geboren und starb 1860. Sie führte auf Jahrmärkten spanische Tänze vor und sang mexikanische Lieder, eine frühe Form des Popstars. Um den Effekt ihres Auftritts zu erhalten, ließ ihr Entdecker und Manager sie wenig unter Menschen. Sie litt unter der Einsamkeit, während ihr Manager reich wurde. Sie wurde, wohl von ihm, schwanger. Mutter und Kind starben bei der Geburt. Er ließ sie einbalsamieren und stellte sie dann mehrere Wochen in seinem Museum in Petersburg aus, bis die Körper zu faulen begannen. Nun ließ er Frau und Kind skalpieren und ausstopfen und verkaufte sie an den Wiener Prater. Ein Besucher erinnerte sich an sie: »In einem rotseidenen Flitterkleidchen stand sie da, mit dem schrecklichen Leichengrinsen auf dem Gesicht, ihr Kind in einem ebensolchen Flitterkleidchen auf einer Stange neben ihr, wie ein Papagei.« Denken Sie an Julia Pastrana, die unglücklich und ausgestopft im Wiener Prater stand, still und stumm. Behaart, wie der Osterhase, der vielleicht eine Frau ist. Denken Sie daran. Und schenken Sie sich mal zu Ostern keine Schokohasen, sondern das Buch »Show Freaks & Monster« von Hans Scheugl. Na, dann. Frohe Ostern.

Ein Tag mit Tölpel

Mein Cousin und ich, wir schauen uns ähnlich, wie mein linkes Ei meinem rechten. Zwillingscousins – eine üble Laune der Natur. Wir sind der Natur schutzlos ausgeliefert.

Wenn Rinder mit zwei Köpfen geboren werden, staunt der Laie und der Fachmann wundert sich. Als aufgeklärter und cooler Städter wirft mich natürlich nichts so schnell um. Trotzdem war ich erstaunt, als ich vor Kurzem an der Ilz saß, die ich nur vom Kreuzworträtsel kannte, und mein Gegenüber mir erklärte, Passau sei die Dreifüßestadt. Der linke, der rechte, der mittlere. Zum Beweis betraten wir ein Schuhgeschäft und tatsächlich: Überall in den Regalen standen drei Schuhe. In Passau kauft man kein Paar Schuhe, sondern einen »Dreier«, bzw. »Drilling«. Ich tat unüberrascht und berichtete von gespaltenen Zäpfchen in Zwickau. Davon hatte wiederum mein Passauer Gegenüber noch nichts gehört. Darum schoss ich gleich nach und berichtete von einer unglaublichen Anzahl von Kehlkröpfen in Krems und der Unmöglichkeit für den gemeinen Augsburger, seine eigene Stadt korrekt auszusprechen. Ich redete mich in Rage. Am Platz der Gehängten in Marrakesch, dozierte ich, gibt es keinen Seiler, in einer Grazer Gelateria wird kochendheißes Eis serviert. Sonnenbrillen, mit denen man sogar bei Dunkelheit geblendet wird, hatte ich bei einem Optiker in Steyr gekauft. Ein verzweifelter Vegetarierwirt klagte mir in Venedig sein Leid, er vegetiere nur noch vor sich hin und biete deswegen jetzt Fleisch an, das ihn zwar reich mache, aber noch verzweifelter. Der Passauer blickte mich verwundert an, ihm wurde immer klarer, dass seine Dreifüßestadt im Konzert der großen, üblen Launen der Natur nur ein Krümel war. Erst kurz vor meinem Besuch an der Ilz hatte ich einen Artikel gelesen über Spiegeleier legende Hühner als Glücksfall der Genindustrie und äußeres Zeichen für falsche Skepsis der Genkritiker.

»Das ist aber keine üble Laune der Natur, wenns um Genmanipulation geht«, warf der naseweise Passauer ein.

Ich blickte auf seine drei Sneaker und antwortete naseweis: »Genmanipulierende Menschen sind die Laune der Natur!« In Wuppertal hupen Autofahrer, wenn nichts geschieht. Bei Gefahr bleibt die Hupe stumm. In St. Petersburg erschießen sich Matrosen am Jahrestag des Matrosenaufstandes und Nazis demonstrieren traurig durch Klagenfurt, weil sie sich zu Recht dagegen wehren, dass sie alle gezwungen werden sollen, Hakenkreuze gut sichtbar an der Kleidung zu tragen. Ist es schon wieder so weit? So stehts auf ihren Transparenten.

Der »Passauer Tölpel« ist ein feiner Honiglebkuchen mit Edelmarzipan-Relief des historischen Passauer Tölpels. Ich biss hinein und wunderte mich ein wenig, dass eine Stadt stolz ist auf einen Tölpel, der aus ihren Reihen kommt. Aber dann fiel mir der Kärntner Landeshauptmann ein, und ich wusste, Passau ist überall.

Wenn Frauen versteckt in Büschen hocken, um Männern heimlich beim Pinkeln zuzusehen, ist die Emanzipation am Ziel angekommen, sagte ich und spuckte den Tölpel aus. »Wenn Studenten arbeiten und Arbeiter studieren und schwarzgekleidete Frauen weiße Hunde nicht mehr als reines Modefell betrachten, dann ist ...«

»Ja? Was ist dann?«, fragte der Passauer Tölpel und stellte sich auf die Zehenspitzen seiner drei Schuhe.

»Irgendwas ist dann«, sagte ich. »In Tschenstochau wurde ein Pilger von einer umstürzenden Madonnenstatue erschlagen und blieb wie durch ein Wunder tot am Boden liegen. In Dornbirn wurde ein Lehrling erschlagen, weil er Hochdeutsch sprach. Der Bürgermeister von Spielfeld lockt bei öffentlichen Reden Hunde an. Im WC eines Salzburger Solariums blickte ein junger Mann auf sein Geschäft und fand es in der gleichen Farbe vor wie sich selbst. Da war er kurz glücklich.«

»Ich muss jetzt meine drei Schuhe putzen«, sagte der Passauer und verschwand. Ich blieb zurück, den Rest des Tölpels in der Hand und glücklich, nur zwei putzen zu müssen. Danke, Natur, für zwei Füße.

Kinder an der Macht

Stellen Sie sich mal vor, der Heilige Geist hätte ein Kondom verwendet oder Maria die Pille genommen, das christliche Abendland wäre heute einfach nur ein Abendland. So aber ist sie zur Gottesmutter geworden und die gebenedeitete Frucht ihres Leibes der Grund für Ostern, Weihnachten und Gipfelkreuze. Sie wird deswegen ständig angebetet, was alle anderen Mütter, die im Gegensatz zu Maria echten, harten, dreckigen Sex hatten, natürlich zur neidischen Weißglut treibt. Deshalb gibt es den Muttertag, an dem auch vom heiligen Geist von der Bettkante gestoßene Mütter sich einmal wie Maria fühlen können.

Meine Mami ist natürlich die beste, darum schenk ich ihr Blumen und Konten in Liechtenstein. Meine Dankbarkeit anderen Müttern gegenüber hält sich dagegen auch und gerade am Muttertag in sehr engen Grenzen. Teile der Großhirnrinde und des limbischen Systems, die für die Emotionsverarbeitung verantwortlich sind, werden nur dann aktiviert, wenn Mütter ihre eigenen Kinder lachen oder weinen sehen. In diesem Hirnareal befindet sich scheinbar ein Zentrum für Mutterliebe. Bei fremden Kindern werden diese Funktionen nicht aktiviert. Das heißt, fremde Kinder können reihenweise von Klettergerüsten und Schaukeln fallen, Mütter spüren nichts und lassen die Kinder heulend im Sand liegen, nur beim eigenen wird ein Mordstrara veranstaltet. Mir gehts großhirnrindenmäßig übrigens mit anderen Müttern auch so. Bei fremden Müttern werden meine limbischen Funktionen nicht aktiviert. Weil, und das muss auch einmal gesagt werden, viele Mütter ja auch die Mütter von Arschlöchern sind. Exemplarisch seien hier mal einige aufgeführt.

- Assa Aatte, Spitzname »Pepsi Cola«, die Mutter von Idi Amin, dem »Schlächter von Afrika«, dem Sinnbild des brutalen afrikanischen Gewaltherrschers schlechthin. Während seiner achtjährigen Gewaltherrschaft starben bis zu 500 000 Menschen in Uganda. Weil nicht schnell genug Gräber geschaufelt werden konnten, ließ er die Leichen den Krokodilen im Nil zum Fraß vorwerfen. Gern ließ sich der mediengeile Idi im Swimmingpool beim Wettschwimmen filmen, wo er seine Konkurrenten brutal untertauchte, bis sie entnervt aufgaben. Soll man Assa Aatte eine Packung »Merci« schenken?

- Helena Glinskaja, Mutter von Iwan dem Schrecklichen, der als gerissen, verschlagen und nachtragend galt. Er spielte wütend Schach gegen sich selbst, erschlug seinen Sohn und war sieben Mal verheiratet. Eine seiner Frauen ließ er vergiften, zwei verstieß er ins Kloster, eine andere wurde gepfählt und eine weitere ertränkt. Schon als Kind war er ein Choleriker und fiel als Sadist auf. Wo war da die liebe Frau Glinskaja? Er gründete eine Spezialtruppe, die ausschließlich für Massenexekutionen zuständig war. Er ließ seinen Kanzler öffentlich zentimenterweise zerstückeln, und sein Schatzmeister wurde so lange abwechselnd mit kochendem und eiskaltem Wasser begossen, bis dessen Fleisch sich von den Knochen löste. Von Iwan ist durch einen deutschen Reisenden folgende hübsche Anekdote überliefert: »Einmal ließ er einen Fürsten in ein Bärenfell einnähen und auf das Eis bringen. Als seine großen Hunde den vermeintlichen Bären in Stücke rissen, belustigte sich der Zar so sehr, dass er vor Freude nicht wusste, auf welchem Bein er stehen sollte.«

Warum wurde Iwan von seiner Mutter nicht wenigstens geschimpft, als er einen Mann fesseln, auf ein Pulverfass setzen und in die Luft sprengen ließ? Sollte man Helena Glinskaja zum Muttertag ein Gedicht aufsagen?

- Klara Pölzl, Waldviertler Kleinbäuerin aus Spital/Weitra. Sie heiratete ihren 23 Jahre älteren Onkel, der ihr Herz wohl erobert hat mit seiner nicht zu schlagenden Mischung aus Gewalt und Alkoholismus. Von den sechs Kindern überlebten zwei, was für ein Inzuchtverhältnis gar nicht schlecht ist. Ihr Mann Alois Hitler starb während eines Frühschoppens mit der rotgeäderten Schnapsnase tief im vollen Glas. Und ihr Sohn Adolf löschte dann die halbe Welt aus und ist verantwortlich dafür, dass ganz Deutschland eine triste Fußgängerzone aus den 60er-Jahren ist. Sollte man, jetzt mal ehrlich, der Klara Pölzl einen Strauß Maiglöckchen zum Muttertag schenken?

- Ekaterine Geladse, Georgierin, 1858–1937. Sie arbeitete bis ins hohe Alter als Hausmädchen. Wer sich noch mit knapp 80 als »Mädchen« bezeichnet, hat ein Problem mit dem Älterwerden, und dass sie ein Problem hatte mit der Erziehung von Kindern, beweist ihr Sohn Iosseb Bessarionis dse Dschughaschwili, der als Stalin den anderen Teil der Welt auszulöschen versuchte. Ich denke, auch der Frau Geladse möchte ich kein Bild malen.

Wahrscheinlich aber haben Idi, Iwan, Adolf und Iosseb ihren Müttern am Muttertag einen Kuss gegeben und mit roten Bäckchen ihr Gedichtlein aufgesagt:

»Lieb Mütterlein, ich danke dir, du bist ja stets so gut zu mir, ein Sträußchen hab ich dir gebracht und hoff, dass es dir Freude macht. Leg ein Versprechen mit hinein: *Ich will auch immer artig sein!*«

Meiner Mutter Jutta aber wünsche ich alles Gute zum Muttertag.

Kühe umstellen

Tatsächlich hieß damals meine Kinderärztin Frau Dr. Zeit. Als Kind glaubte ich daher, der Satz »Die Zeit heilt alle Wunden« bezöge sich auf Dr. Hilde Zeit. Erst mit Mitte 30 habe ich begriffen, dass ich da etwas falsch verstanden habe. Gleiches galt lange für den Begriff »die innere Uhr«, nachdem mein Bruder als Mutprobe die kleine Damenuhr meiner Großmutter verschluckt hatte. Erst mit 40 wurde mir klar, dass man mit der »inneren Uhr« nicht die Damenuhr meiner Oma meint, die sich noch immer im Magen meines Bruders befindet. Eine Operation wäre zu gefährlich, deshalb trägt sie mein Bruder seit 30 Jahren in sich. Natürlich ist sie längst stehen geblieben, aber wenn er zum Beispiel joggen geht, dann beginnt sie wieder kurz zu ticken, wegen der Erschütterung. Übrigens auch, wenn er Sex hat, was manchen Frauen gut gefällt, andere aber türmen lässt. Nicht jede Frau schläft gerne mit einem tickenden Mann. Stichwort: biologische Uhr.

Vielleicht ist es peinlich, aber ich missbrauche meine Texte gern auch therapeutisch. Ich gebe zu, lange, bis zu meinem 38. Geburtstag, Urschreitherapie mit Uhrschreitherapie verwechselt zu haben. Ich dachte, schlagen Sie mich, aber wenns nun mal so war, ich dachte, man schreit sehr laut verschiedene Uhrenfabrikate. Man brüllt »Seiko« oder »Breitling« oder »Rolex«, und wenn man damit fertig ist, hat man die Uhrschreitherapie erfolgreich absolviert. Natürlich, hätte ich mir nur ein paar Gedanken gemacht, wäre mir schnell klar geworden, dass ich falsch liege. Aber wer sich sicher fühlt, ist unkritisch und fehleranfällig.

Ich habe meine Standpunkte verändern müssen, als ich mit einem befreundeten Bauern im Irenental sprach. Ich melke ehrenamtlich 3,4-mal im Jahr seine Kühe. Mein nächster Stallbesuch ist für den 30. März vorgesehen, weshalb ich ihn angerufen habe, obwohl es von Wien aus ein Ferngespräch ist und ich mein Geld eigentlich nicht zum Fenster rauswerfe. Ein »long distance call«, wie der Amerikaner sagt. Mein Vater übrigens dachte als Kind immer, »long distance call« würde bedeuten, dass man weit weg vom Hörer stehen müsse. Das dachte er, bis er weit in den 60ern war. Eine gewisse Schwervonbegrifflichkeit scheint bei uns in der Familie zu liegen. Obwohl an dem »Long-distance-call-Problem« viele Menschen zu leiden scheinen. Ist Ihnen schon einmal aufgefallen, dass Afrikaner oder zum Beispiel Leute aus Ex-Jugoslawien wahnsinnig laut telefonieren? Das muss daran liegen, dass sie weit weg vom Hörer stehen.

Mein Bauernfreund sagte dann in normaler Lautstärke am Telefon den für mich irritierenden Satz: »Am 30. ist Zeitumstellung, da gibts Probleme, wegen der inneren Uhr der Kühe.«

Da horchte ich auf. Was hatte mein Bruder in Deutschland mit den Milchkühen zu tun?

Ich legte schnell auf. Weil ich wusste, dass ein langes Frage-Antwort-Spiel am Telefon mit dem Bauern aus dem Irenental Unsummen von meinem hart mit Quatsch verdienten Geld verschlingen würde. Gut, manchmal mach ichs mit dem Geld schon so wie Karl Lagerfeld. Lagerfeld umschrieb seinen Umgang mit Geld so: »Natürlich schmeiße ich mein Geld manchmal aus dem Fenster, aber ich schau genau hin, wo es landet.« Wieso ich jetzt Lagerfeld ins Spiel bringe? Weil mein niederösterreichischer Bauernfreund alle seine Kühe nach Modeschöpfern benannt hat. Pierre Cardin heißt eine, Vivienne Westwood eine andere, eine stark sehbehinderte Kuh hat er Yves Saint Laurent getauft, ein Kalb Calvin Klein. Ich hab früher immer die Milchkuh Versace gemolken, die ist dann aber dem Schlachtschussapparat zum Opfer gefallen. Am 30. März wollte ich jetzt eigentlich um zwei Uhr früh Valentino melken, aber da schien es Probleme zu geben. Ich hab mich also von einem ORF-Chauffeur gratis auf Gebührenzahlerkosten ins Irenental fahren lassen, um mit dem Bauern die Melkung zu besprechen. Und während der Chauffeur draußen im Auto die »Zeit« las und »As time goes by« im Privatradio (!!!) hörte, warf ich in der Bauernstube lieb gewordenes Gedankengut über Bord. Innere Uhr, die Zeit heilt alle Wunden, Urschreitherapie. Bei Obstler und Blunzn wurde mir vieles klar. Es wurde aber auch Zeit. Ich erfuhr, dass am 30. März um zwei Uhr auf Sommerzeit umgestellt wird und Valentino unter der Zeitumstellung sehr zu leiden hat. Bis zu zwei Wochen benötigen Milchkühe, um sich auf die neue Melkzeit einzustellen. Seit 1916 gibt es die Sommerzeit in Österreich und so lange schon haben unsere Kühe zwei Mal im Jahr Stress. Ich erklärte dem Bauer, dass ich bis heute ja nicht wirklich wüsste, wie ich die Uhr wann vor- oder zurückstellen muss, und er, bauernschlau wie eh und je, gab mir die Stallregel mit auf den Weg, und ich geb sie Ihnen gerne an die Hand, wenn Sie sich auch schwertun. Also, die Stallfaustregel: Im Frühjahr werden die Kühe vor den Stall gestellt, im Herbst kommen sie zurück in den Stall. Manchmal kann ehrenamtliches Melken auch was bringen.

Wow in a cow

Liebe Web-Designer, D-Janes, Art Direktoren und Consulterinnen,

wenn ich so dann und wann in eure leeren Gesichter schaue und euer nervöses Augenflackern sehe, dann weiß ich, was euch fehlt. Werft die Lifestyle-Gazetten aus dem Fenster und die Mobiltelefone, die Crack-Pfeifen und Geschirrspüler und die beschissenen Computer. Nehmt euch an den Händen und lauft mir nackt hinterher. Ich weise euch den Weg. Ich habe nämlich schon vor Jahren einen Ausgleich zu dem urbanen Irrsinn gefunden: Ich arbeite unentgeltlich fünfmal die Woche für einen niederösterreichischen Tierarzt auf dem Land. Das beruhigt die Nerven und heilt das Herz. Und es lehrt mich, die Welt in ihrer Gesamtheit neu zu begreifen. Stecken Sie doch einfach einmal den Kopf in einen Ameisenhaufen, und Sie erlangen einen Bewusstseinszustand, den kein Ecstasy Ihnen bringen kann.

Schreien Sie eine Nacht lang mit den Fledermäusen, lassen Sie sich von einem freundlichen Imker zeigen, wie man einen vollbesetzten Bienenstock säubert.

Erst gestern bin ich rektal zuerst mit den Armen und dann auch mit den Beinen in eine Kuh gestiegen, deren Gebärmutter sich gelöst hatte. Glauben Sie mir, stante pede hatte ich alle Parkplatzsorgen der Stadt hinter mir gelassen. Spätestens in einer Kuh wird man wieder zum Mensch. In einer Kuh wohnt man wieder so wie früher, ohne Fernseher und elektrisches Licht. In einer Kuh ist es archaisch. Keine

Cocktails auf öden Stehpartys, dafür frischer Pansensaft. Ich habe in einer Kuh schon mal eine ganze Partie Schach gespielt. Von morgens acht bis abends neunzehn Uhr saß ich mal durchgehend in einer Kuh, um dann abends im Wiener Kabarettlokal »Vindobona« einen Auftritt zu machen. In einer Kuh herrscht übrigens strenges Rauchverbot, ähnlich wie im Wiener Kabarettlokal »Vindobona«. Kühe und Kleinkunst haben überhaupt große Ähnlichkeit. Nicht umsonst heißt der wichtigste Kabarettpreis des Landes »Salzburger Stier«. Dass ich einmal Preisträger war, hängt nicht zuletzt mit meiner Tätigkeit in der tierärztlichen Praxis zusammen.

Genau wie im Theater macht man sich auch in einer Kuh keine Freunde, wenn das Handy läutet. Und, erneute Parallele zu Kleinkunsthäusern, in Kühen wird viel gelacht. Die Innenwände von den uns bekannten Paarhufern sind allesamt vollgekritzelt mit Karikaturen von Rudi Klein, Tex Rubinowitz und Rattelschneck, die alle offensichtlich schon vor mir in diesen Kühen waren. Damit wird auch klar, dass ich nicht der Erste war, der Zuflucht vor der Hektomatikwelt in Kühen suchte. Alle Komiker tun das. Danny Kaye hat in einer Kuh steppen gelernt und Jerry Lewis hat Dean Martin in einer amerikanischen Kuh kennengelernt. Alle Komiker arbeiten in Kühen, nur Jörg Haider verfasste in einem Schwein seine Aschermittwochsreden. Haider hat nämlich Kuhverbot. Das haben die Kühe durchgesetzt.

Interessanterweise haben Kühe selbst überhaupt kein Interesse am Stadtleben. Da kann Hannes Jagerhofer noch so oft »Event! Event!« schreien, den Kühen ist das scheißegal. Kühen ist das Kinosterben egal, Gleiches gilt für Lesungen im Radiokulturhaus oder für den Umbau vom Konzerthaus. Bei aller Ablehnung des Kulturellen, ist doch eins bemerkenswert. Fast jede mir bekannte Kuh liest begeistert

Benjamin von Stuckrad-Barre. Ein Umstand, den sich nicht einmal mein niederösterreichischer Tierarzt erklären kann.

Niemals käme man auf die Idee, eine Kuh zu fragen, ob sie Lust hat auf eine Städtereise nach St. Petersburg oder auf Musicals am Broadway. Eine Kuh würde auch dankend ablehnen. Die mir bekannten Kühe stehen am liebsten einfach nur so in Niederösterreich herum. Keine Spur von Rastlosigkeit, was sie wiederum von Niederösterreichern auch nicht wirklich unterscheidet. Oder haben Sie schon mal einen Niederösterreicher gesehen, der etwas anderes tut, als einfach nur so in Niederösterreich herumzustehen?

Das totale Schaf

Würden Sie von Dr. Hwang Woo-suk auf der Straße Rolexuhren kaufen oder eine DVD? Natürlich nicht. Als aufgeklärter Mitteleuropäer wissen Sie, dass der Südkoreaner in einen der größten Fälschungsskandale der modernen Forschungsgeschichte verwickelt ist. Der liebe Veterinärmediziner und Stammzellenforscher aus dem hübsch klingenden Ort Chungcheongnam-do hatte behauptet, menschliche Embryonen klonen zu können. Mir selber war schnell klar, dass es sich hier um asiatischen Humbug handelt, die internationale Fachwelt aber hat sich monatelang hinters Licht führen lassen. Liebe Leserinnen und Leser, halten Sie sich immer an mich, dann stehen Sie immer auf der sicheren Seite. Tatsächlich aber hat Dr. Hwang Woo-suk im vergangenen Jahr einen Hund geklont, den lieben Snuppy, was aber heutzutage jeder Jugendliche kann, man braucht nicht viel mehr als eine Playstation, einen MP3-Player und das Gehäuse eines Apfels. So kann jeder Hunde klonen. Schwieriger ist es schon, ein Pferd zu klonen, denn Pferde sind ja normalerweise viel größer als Hunde. Bei Klonexperimenten allerdings sind die Größenverhältnisse oft verschoben. Geklonte Fliegen können leicht mal so groß sein wie Raben, und Büffel so groß wie Maikäfer. Im Mai 2003 haben in Italien Wissenschaftler das erste Klon-Pferd vorgestellt. Es heißt »Prometea« und hat bei Weitem nicht so viel Wirbel verursacht wie das Schaf Dolly, das vor genau zehn Jahren in Schottland das Licht der Welt erblickte. (»Das Licht der

Welt erblicken« ist übrigens die wahrscheinlich langweiligste Umschreibung für »geboren werden«.)

Schottische Wissenschaftler haben damals erstmals aus Zellen eines erwachsenen Schafes eine genetisch identische Kopie erschaffen. Dolly wurde weltberühmt. Weil der Zellkern aus einer weiblichen Brustzelle stammte, war das Vorbild für Dolly die amerikanische Country-Sängerin Dolly Parton, deren Brüsten der Embryologe Ian Wilmut mit der Taufe des Schafs ein Denkmal gesetzt hat. Vor zehn Jahren gabs ja noch keine MP3-Player und Playstations. Darum wurde Dolly nur aus der weiblichen Brustzelle und dem Gehäuse eines Apfels gemacht. Es war ein Granny Smith.

Wir alle stellen uns vor, dass die Gen-Forschung unglaublich komplex und kompliziert ist. Das stimmt nicht. Sudokus sind in der Regel schwieriger zu lösen als Fragen zur DNA. Noch vor 20 Jahren brauchten Klonforscher für ihre Experimente nicht viel mehr als eine Säge, eine Luftpumpe und das Gehäuse eines Apfels. Dollys Vorgängerin wurde aus Popcorn, Lachgas und dem Gehäuse eines Apfels gemacht. Ein »Golden Delicious«. Aber das Ergebnis war ernüchternd. Das Schaf war klein, verschrumpelt und humpelte. Die für ihren Humor bekannten Schotten nannten es »Goebbels«. Die Forscher experimentierten weiter. Vor allem mit verschiedenen Apfelsorten. Elstar und Gloster. So lange, bis Dolly auf die Welt kam. (»Auf die Welt kommen« ist nach »das Licht der Welt erblicken« die zweitlangweiligste Umschreibung für »geboren werden«.)

Mit Dolly kam der Durchbruch. Dolly war süß und die Aufregung groß. Zwei Tage nach Bekanntgabe der schottischen Wissenschaftler gab ein neuseeländisches Institut bekannt, dass sie aus den Zellen eines Embryos (plus Gehäuse eines Elstar) drei geklonte Lämmer geschaffen haben. Würde man also auch Menschen klonen können? Würde man es endlich schaffen, die Männer und ihre Samen im Reproduktionsprozess überflüssig zu machen, nähert sich doch die Samenproduktion gerade der westlichen Männer dem Fruchtbarkeitsgrenzwert? (Lesen Sie sich diesen Satz noch einmal durch. Ich bin mir nicht sicher, welches Satzzeichen am Ende des Satzes kommen muss. Ein ».« oder ein »?«. Wissen Sie es?)

Wenn Frauen sich aus Zellen ihrer eigenen Brust Kinder selbst machen können, wird natürlich die Haltung eines Mannes zum Luxus. Zum reinen Lustobjekt: schöne Körper, die alle Erwartungen befriedigen, makellos und ausdauernd. Nur gut, um Äpfel einzukaufen.

Reproduzierbar – das heißt auch: menschliches Ersatzteillager. Den eigenen Klon im Hobbyraum, wenn was ist, einfach beim Klon bedienen. Säuferleber? Egal. Raucherlunge? Egal, im Hobbyraum gibts alles doppelt. Aber jetzt stellen Sie sich einmal vor, Sie sind starker, hustender Raucher mit Klon im Keller und erwischen den beim Rauchen? Gitanes ohne! Und dann bringen Sie Ihren Klon zitternd zum Lungenfacharzt und er fällt beim Lungenfunktionstest durch? Dann war alles umsonst. Die ganze schöne Klonerie. Worauf ich hinauswill? Sie werden es sich bereits gedacht haben. Dolly musste im Februar 2003 eingeschläfert werden infolge einer schweren Lungenentzündung. Dr. Hwang Woo-suk ist seiner Ämter enthoben worden. Was bleibt sind Äpfel. Und das alte Hausrezept: »An apple a day keeps the doctor away«. Das Gehäuse kann man mitessen.

Allerhand Heilige

Quid est »Omnium Sanctorum«? Haben Sie auch so unbändige Lust ständig Latein zu sprechen, seit der Papst da war? Man muss wohl wirklich langsam zugeben, dass Metrosexuelle wie Beckham ein Dreck sind gegen Asexuelle wie der Papst. Spätestens seit der »Esquire« Papst Benedictus den Sonderpreis »Accessoire-Träger des Jahres« verliehen hat, muss jeder endlich zugeben, dass der Mann mit dem schlohweißen Haar der aufregendste Typ von allen ist. Den Preis bekam er für seine roten Lederschuhe – der Teufel trägt Prada. Der Papst weiß einfach, wie er uns einfache Schäfchen verrückt machen kann. Mit Weihrauch einrauchen, ein paar kalte Tropfen Wasser auf die heiße Stirn und dann leise auf Latein vor sich hin murmeln, alles Ingredienzen für eine umwerfende, unvergessliche, geile Liebesnacht. Für mich ist ja nach wie vor der Pole der echte Papst und Ratzinger nur eine Art Stellvertreter, aber für die Welt ist er ein absoluter Star. Vor allem die Jungen, die für ihn tagelang im Regen standen, als er als einfacher Pilger bei uns zu Besuch war. Und wenn das keine gute Idee war, seinen Segen über SMS zu bekommen, dann weiß ichs auch nicht mehr. Den Papst gibts sicher schon bald als Klingelton bei Jamba. »Wähl die 7 und hol dir den heiligen Vater ans Rohr. Der Papst sagt »Amen« oder »Herrgottnochmal«. Ein Heidenspaß – also nichts für Christen!

Quid est denn nun »Omnium Sanctorum«? Wenn du alles über deinen Superstar Benedikt XVI. wissen willst, dann solltest du auch den lateinischen Namen von »Allerheiligen« kennen. Am 1. November gedenkt die katholische Kirche aller ihrer Heiligen, also nicht nur derer, die offiziell heiliggesprochen sind, sondern auch und insbesondere der Heiligen, um deren Heiligkeit niemand weiß, außer Gott. Also, vielleicht und zum Beispiel:

- der heilige Kenan, der am Kebabstand am Naschmarkt eine besonders scharfe Sauce erfunden hat
- die heilige Paris, weil sie vielen dummen Mädchen Hoffnung gibt
- der heilige Richard, weil Gott eine feste Burg ist und dafür Mörtel braucht
- die heilige Isabella Krassnitzer, weil nicht mal Gott sich trauen würde, vorherzusagen, wie das Wetter wird
- der heilige Didi, weil Gott auch die ärmsten seiner Schafe liebt und Gott ganz genau weiß, dass der heilige Didi einen Job hat, gegen den der heilige Sisyphos eine gemähte Wiese vor sich hatte und nicht jeder, so wie Gott, ständig mit der Hand Tore schießt
- der heilige Dirk, weil Gott weiß, auf wen er sich verlassen kann. Ohne angeben zu wollen, aber Gott heißt mit Nachnamen auch Stermann. Das heißt nicht, dass wir miteinander verwandt sind, aber interessant ist es doch.

Sie können sich im Grunde selber jemanden aussuchen, der noch nicht offiziell heiliggesprochen worden ist und desjenigen, auch wenn er noch lebt, an »Omnium Sanctorum« gedenken.

Und wenn derjenige schon tot ist und Sie ihn auf dem Friedhof besuchen, fragen Sie sich dann auch oft, was einmal auf Ihrem Grabstein stehen soll? Gehören Sie zu denen, die auch hier noch originell sein wollen? »Peter Müller,

Zahnarzt, hier füllt er sein letztes Loch!« So etwas in der Art?

»Peter Müller – hier ruhen meine Gebeine, ich wollt es wären deine!«

In der Hoffnung, dass Passanten am Friedhof schmunzeln und Sie posthum als Stimmungsmacher hochleben lassen? Und ob es wirklich Ernest Hemingway war, der verfügt hat, dass auf seinem Grabstein folgender Satz steht: »Entschuldigen Sie bitte, dass ich nicht aufstehe, um Sie zu begrüßen«? Da schreibt man bedeutende Bücher und will so albern in Erinnerung bleiben? Mir ist schleierhaft, weshalb jeder Sir Peter Ustinov dafür liebt, dass auf seinem Stein »Bitte den Rasen nicht betreten« steht. Wenigstens als Toter sollte man vom Druck befreit sein, sein Gegenüber unterhalten zu müssen. Ich fänds auch pietätlos, wenn auf jedem Grabstein auf dem Zentralfriedhof ein Witz stünde und alle Besucher japsen vor Lachen. Der Tod ist Pointe genug. Keine gute, aber der muss man ja nicht auch noch eine in Stein gemeißelte hinzufügen.

Wertlose innere Werte

Die Lippen von Jeannine Schiller, das Kinn von Stefanie Werger, die Nase von Mike Krüger, die Ohren von Prince Charles und die Augenbrauen von Leonid Breschnew? Oft sieht man nach einer Gesichtsoperation blöder aus als vorher, aber die plastische Chirurgie kann alles leisten. In Cleveland, Ohio, bekam jetzt die polnische Ärztin Maria Siemionow die erste Erlaubnis, eine komplette Gesichtsoperation durchzuführen. Das Gesicht des Patienten wird dazu entfernt und anschließend das Gesicht eines Toten aufgebracht. Wer das erste Gesicht erhält, steht noch nicht fest. Natürlich ist das, sagen wir mal vorsichtig, umstrittener als ein Zahnimplantat. Der britische Bioethiker Tom Shakespeare (!) nennt das Transplantieren ganzer Gesichter einen »Kotzfaktor der Wissenschaft«. Schön reden, kann ich da nur sagen, noch dazu, wenn man so einen berühmten Schriftstellernamen trägt. Großbritanniens führender plastischer Chirurg Peter Butler arbeitet am Royal Free Hospital in London. Er hat etwa 120 Patienten, Ärzte und Pfleger nach ihrer Einstellung zur Gesichtstransplantation befragt. Das Ergebnis: Viele der Befragten waren zwar bereit, eine Gesichtstransplantation über sich ergehen zu lassen, um etwa nach einem Unfall weniger entstellt auszusehen. Keiner der Interviewten war aber bereit, sein eigenes Gesicht für eine Transplantation zu spenden. Insofern könnte die ganze aufgeregte Diskussion überflüssig sein. Wenn keiner sein Gesicht freiwillig spendet, kann die plastische

Chirurgie einpacken und die Ethikkommissionen können nach Hause gehen und sich im Wohnzimmer eine DVD von »Face off« anschauen. Vielleicht sitzen Sie ja gerade in diesem Moment im vollbesetzten Wartezimmer des plastischen Chirurgen ihres Vertrauens um sich wieder einmal ein paar Liter unnötigen Fetts absaugen zu lassen. Dann machen Sie doch einmal eine Umfrage, wer von den lieben Mitwartenden sein Gesicht spenden würde. Wussten Sie eigentlich, dass pro Jahr in Österreich genauso viele Liter Fett abgesaugt werden, wie der Bodensee Wasser führt? Nein? Ich auch nicht. Ich hab die Größenordnung jetzt einfach mal vermutet. Wahrscheinlich wird mehr Fett abgesaugt. Was passiert eigentlich mit all diesem Fett? Werden damit polnische Gänse gemästet, die wir dann wieder zur Weihnachtszeit aufessen, sodass wir wieder Fett absaugen gehen müssen, mit dem dann wieder neue Gänse gemästet werden? The circle of life. Achten Sie mal darauf, ob vor der Praxis Ihres plastischen Chirurgen ein Lastwagen mit polnischer Nummerntafel steht.

Ich selber kann leider nicht zur Fettabsauge gehen. Ich hab es einmal versucht. Als der liebe Schönheitsonkel aber mit seinem schwarzen Edding all meine Problemzonen direkt auf der Haut einringelte, kitzelte das so sehr, dass ich laut lachend aus der Praxis fliehen musste. Ich war übrigens fast vollständig bemalt, was meinem Selbstbewusstsein nicht unbedingt förderlich war. »Ihr Körper ist wie der Gaza-Streifen – eine einzige Problemzone«, sagte der humorvolle Schönheitsonkel, der seinerseits übrigens wie eine bizarre Mischung aus Wolfgang Schüssel und dem deutschen Komiker Dirk Bach aussah, also selber in einem kaputten Haus aus Glas saß. Dessen Gesicht will bestimmt niemand haben. Wenn tatsächlich Gesichtstransplantationen durchgeführt werden, aus welchen Gesichtern wird man dann als

Patient wählen können? Wenn im reichen Westen niemand sein Gesicht freiwillig hergeben will, dann wird es wohl so sein, dass Menschen aus der sogenannten Dritten Welt ihre Gesichter an skrupellose Zwischenhändler verkaufen, wie es heute schon bei Nieren nicht unüblich ist. Aber wie sieht das dann aus? Der Körper speckig, weich und weiß aus Gramatneusiedl und dazu ein Gesicht wie das von Robinho oder Ronaldinho? Oder werden schöne Menschen um ihre Gesichter fürchten müssen? Lauern verrückte Patienten dann mit einem Skalpell Angelina Jolie und Brad Pitt auf und reißen ihnen die Gesichter vom Kopf? Dann heißt es wieder: Wer schön sein will, muss leiden.

Einen Nachteil hat die Gesichtstransplantation allerdings. Das neue Gesicht wird wie eine Maske sein. Ohne Mimik. Also etwa so wie bei Ottfried Fischer, dem ja das Gesicht irgendwann mal eingeschlafen ist und niemand kann es wecken. Oder vielleicht ist Ottfried Fischer Patient von Marie Siemionow in Ohio? Und er hat das Gesicht eines toten Spenders? Dann werd ich mir »Der Bulle von Tölz« jetzt mal unter ganz anderen Vorzeichen anschauen. Als Gruselschocker.

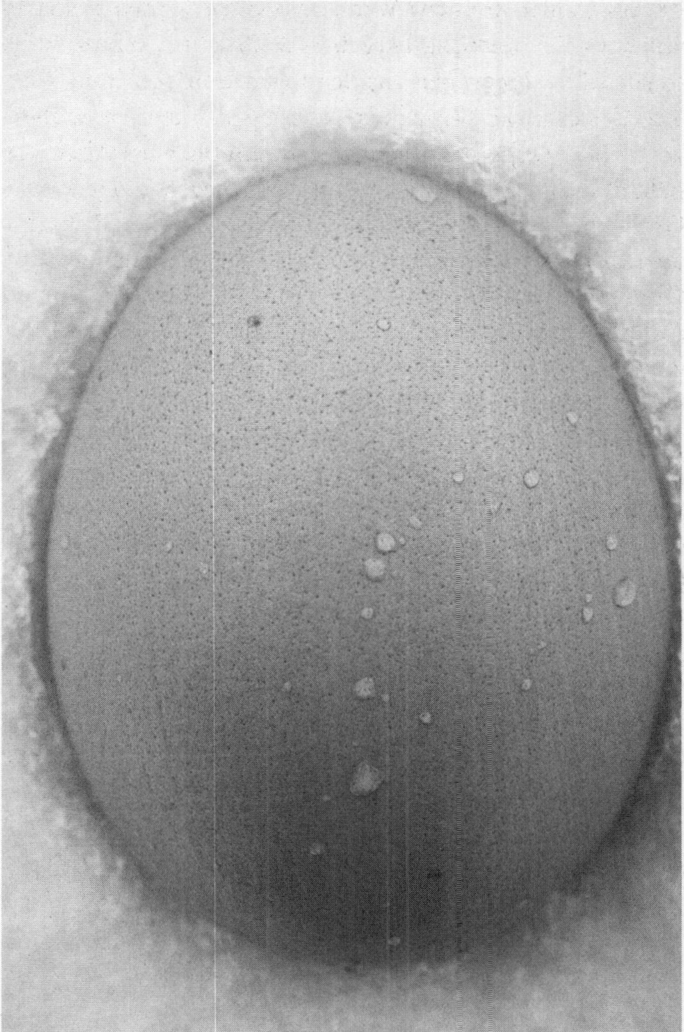

Fiona Swarovski und die Kälte der Welt

Zwei Freunde von mir trafen sich nach Jahren, in denen sie sich aus den Augen verloren hatten, in Afghanistan wieder, in einem Zug, der auf einer Nebenstrecke fuhr. »Was für ein Zufall«, sagte der eine. »Warum?« fragte der andere. Es gibt Leute, die man schwer beeindrucken kann.

Mein Haar hat einmal Feuer gefangen, unter der Trockenhaube eines Friseurs. Er sah mich brennen und las ein Buch über Willy Brandt. Wie passend. Ich legte meinen brennenden Kopf ins Waschbecken und löschte mich mit Trockenshampoo. Nicht im Traum hätte der Friseur daran gedacht, mir zu helfen. Er war einfach zu cool. In den Vereinigten Arabischen Emiraten, wo ich als 18-Jähriger kurz als Fußballprofi gearbeitet habe, schickte uns der Scheich, dem der Klub gehörte, in der gleißenden Mittagssonne trainieren. Drei aus meiner Mannschaft starben schnell an einem furchtbaren Hitzeschlag, der mit einem lauten Getöse in sie fuhr. Aber der Scheich sagte nur: »Wegtragen!«, und wir anderen sprinteten bei realen 70 – aber gefühlten 80 – Grad im nicht vorhandenen Schatten weiter. Der Scheich zeigte ein begrenztes Mitgefühl. Mehrmals hatte er uns Kicker hoch zu Kamel bedroht. Während wir im Wüstensand lagen, um unsere Bauchmuskeln zu trainieren, lief er mit seiner Kamelherde über uns drüber. Äußerst schmerzhaft, falls sich jemand dafür interessieren sollte, wie ich das Gefühl empfand, das 650-Kilo-Paarhufer auf mir verursachten. Den Scheich interessierte mein Schmerz nicht. Nichts interessierte ihn außer seiner selbst. Am zwölften Spieltag der Wüstenliga beschloss er plötzlich, einen Falkenverein zu gründen. Er entließ uns Spieler und engagierte Falken und Falkner. Von heute auf morgen waren wir arbeitslos, wie die Leute von Semperit oder Opel oder Karstadt oder Quelle. Übrigens löste Quelle in der Wüste immer herrlichste Assoziationen aus. Schade. Auch versiegt.

Manche Menschen kennen kein Mitleid. Sie sind vergletschert, Gegen-Emos, sprechende Gefriertruhen. Mein Scheich, der Friseur, der Mann im afghanischen Zug. Eine gewisse Kim-Il-Sungigkeit möchte ich da unterstellen. Kim Il Sung hat ja wahrscheinlich einen Schlaganfall gehabt an den Stellen des Gehirns, die für Liebenswürdigkeit vorgesehen sind. Mich hats nicht gewundert, dass der ungute Friseur auf seiner Bürste ein Porträt des Nordkoreaners hatte.

Der Zug, in dem meine beiden Bekannten sich wieder trafen, stürzte in den wilden Schluchten der afghanischen Bergwelt mehrere hundert Meter tief in eine Schlucht, die ausschließlich von toten Schafen bewohnt wurde. Falken und Aasgeier flatterten sofort hungrig in ihr Abteil, aus dem sie sich wie durch ein Wunder unverletzt befreien konnten. Viele Mitpassagiere hatten den Tod gefunden, doch der kalte der beiden sagte: »Vielleicht kriegen wir jetzt etwas von dem Fahrpreis zurück, weil wir ja jetzt zu spät ans Ziel kommen.« Mit der bloßen Faust erschlug er einen Falken. Natürlich kann nicht jeder Karl-Heinz-Böhm-haft sein oder gandhiesk. Aber ein Alzerl? Mein Scheich hat einmal mit seinem diamantenbesetzten Swarovski-Krummdolch in meinen Oberschenkel gestochen, weil ich in einem wichtigen Spiel nur sechs Tore geschossen hatte. Ich war gleichermaßen auf ihn und Fiona Swarovski sauer. Im nächsten Spiel musste ich auf einem Bein humpelnd wieder ran. Er stand mit blutunterlaufenen Augen am Spielfeldrand, einen riesigen smaragdbesetzten Swarovskisäbel im Arm. Ich schoss 25 Tore, brach dann aber zusammen, weil die Wunde in meinem Oberschenkel aufbrach. Wäre es nicht normal gewesen, mir nicht in den Oberschenkel zu stechen? Wie ich später gehört habe, hat er Falken, die nicht erfolgreich waren, auch in den Oberschenkel gestochen. Allerdings bin ich mir nicht sicher, ob das stimmt. Haben Falken überhaupt Oberschenkel? Ich weiß nicht, mein Friseur hat mir die Geschichte erzählt. Wahrscheinlich wollte das kaltherzige Schwein mich verarschen. He is a liar. I wouldn't piss on him, if he was on fire. Chumbawamba haben Recht.

Zuggespräche in Georgien, Teil 2

Die traurige georgische Sonne blinzelte mir verängstigt ins Gesicht. Sie schien nur widerwillig aufgegangen zu sein. Der Zug machte Geräusche wie platzende Hautporen während eines Senfgasangriffs. Ich rutschte auf meinem Sitz aus Stahlwolle hin und her. Meine Mitreisenden drückten ihre Nasen gegen die Scheibe aus billigem Buntglas. Ich beschloss aus erdrückender Langeweile heraus, wieder mitzuschreiben.

24. 10. 2009/8.45 Uhr/Mzechta

D: War das gerade Mzechta?

Ö: Ja, man muss immer sehr schnell hinschauen, weil Mzechta so klein ist. Nur eineinhalb Häuser.

D: Aber trotzdem fast eine halbe Million Einwohner.

Ö: Und was für welche! In Mzechta haben alle Einwohner Hasenzähne.

D: Ja, so! (Machts nach.) Weil traditionellerweise schon Neugeborene ganze Hasen essen. Mit den Füßen zuerst. Die Hasenzähne der Einwohner von Mzechta sind echte Hasenzähne, von dem Hasen, den sie direkt nach der Geburt essen.

Ö: Verrückte Tradition.

D: Kann man wohl sagen. Wie die mit den Holzbeinen.

Ö: Ja, Mzechter und Mzechterinnen haben ja alle Holzbeine. Warum eigentlich?

D: Weil sie traditionellerweise mit einem Jahr einen Tisch schlucken. Einen Tisch mit zwei Beinen. Es sind die Beine des Tisches, auf denen sie stehen und gehen.

Ö: Dann ist die Holzplatte am Po wahrscheinlich ein Stuhl, den sie als Kind gegessen haben?

D: Sie sagen es. Mit vier Jahren isst man traditionell einen Stuhl, sodass man immer etwas hat, auf dem man sitzt, wenn man müde wird.

Ö: Gar nicht so dumm. Woher wissen Sie das alles?

D: Vom schlauen Magisterchen.

R: Mit 18 essen die Leute von Mzechta dann traditionellerweise ein Moped. Deshalb knattern sie so, können sich aber schnell fortbewegen.

24. 10. 2009/11.10 Uhr/Tuscheti

D: Tuscheti, die Stadt der Vereinfachung. Die Tuscheten haben ja nicht zehn Finger, sondern einen ganz dicken. Kommt aufs Gleiche raus, man muss sich aber weniger Nägel schneiden.

Ö: Sie haben ja auch nur ein großes Ohr.

D: Deshalb hören sie nur Mono.

Ö: Und einen großen Zahn, mit dem sie schneiden, reißen und malmen können.

D: Der Zahn ist sehr groß und breit. So breit. (Zeigts.) Sie haben ja auch nur ein Bein. Ein dickes Bein. Kommt aufs Gleiche raus, aber man braucht nur einen Schuh.

Ö: Und einen Socken. In Tuscheti gibt es ja auch nur ein Geschlecht. Tuscheten sind Zwitterwesen, die sich selbst fortpflanzen können. Sie brauchen keinen Partner. Es ist alles einfacher und aufs Wesentliche reduziert in Tuscheti. Die Einwohner schlafen nicht, was den Vorteil hat, dass sie nicht aufstehen müssen. Man braucht keinen Wecker.

D: Und keinen Kopfpolster. Ist dafür aber müder.

Ö: Ja, das stimmt. Aber wenn alle gleich müde sind, ists halb so schlimm.

D: Ja, da haben Sie wohl Recht.

24. 10. 2009/11.59 Uhr/Sugdidi

D (schaut aus dem Fenster): Schade, bis vor Kurzem hing hier am Bahnhof von Sugdidi noch die österreichische Fahne. Weil Sugdidi ja von österreichischen Gastarbeitern gegründet wurde. In den 60er-Jahren, als die Arbeitslosigkeit vielen Menschen die Perspektive nahm, sind 1000 oberösterreichische Familien nach Georgien ausgewandert.

Ö: Wieso denn nach Georgien? Das war doch damals noch Ostblock. Warum nicht in die USA oder nach Neuseeland?

D: In den 80er-Jahren sind mehr Menschen nach Georgien ausgewandert als in die USA, nach Australien und Neuseeland zusammen. Unglaublich viele Amerikaner sind nach Georgien ausgewandert. Fast 560 Millionen, allein in einem Jahr. Die Behörden haben dann einen eisernen Vorhang ums Land gehängt, damit die nicht mehr alle reinkommen konnten. Die Leute in Sugdidi sprechen heute noch Georgisch mit einem starken Mühlviertler Dialekt. Und sie haben ihre Bräuche mitgebracht. Trachten, Stelzen, Skifahren.

Ö: Skifahren? Sugdidi hat subtropisches Klima, hier hats noch nie geschneit.

D: Darum haben die Skivereine auch Nachwuchsmangel. Die Jungen wollen sich nicht mehr dicke Skijacken anziehen und Pudelhauben bei 50 Grad im Schatten.

Die Alten grämen sich natürlich, aber was willst du machen. Die Enkel der alten Österreicher fühlen sich halt heute als Georgier. In Sugdidi gibts übrigens zweisprachige Ortstafeln, die in Kärnten hergestellt werden.

Ö: Verrückt.

24. 10. 2009/13.40 Uhr/Schatili

D: Interessant. Jetzt ist Schatili gerade völlig verschwunden.

Ö: Naja, interessant ... Schatili verschwindet mehrmals täglich komplett im Liachwi-Fluss. Das ist ja nun wirklich nichts besonderes.

D: Find ich schon. Ich habe mal einen Kellner aus Schatili kennengelernt. Der hat mir erzählt, dass die Stadt manchmal bis zu vier Stunden unter Wasser ist. Der Fluss steigt rasend schnell um bis zu 60 Meter.

Ö: Darum können die Schatilen ja auch sehr lange die Luft anhalten.

D: Ja, das Leben geht ja ganz normal weiter, nur eben unter Wasser. Der Kellner hat mir erzählt, dass niemand das Lokal verlässt, nur weils unter Wasser steht. Auch die Busse fahren weiter und an den Marktständen wird weiter fleißig verkauft, sogar die Schwimmbäder bleiben geöffnet.

Ö: Was heißt »sogar«, das ist ja wohl nicht so überraschend.

D: Find ich schon, wenn die Einwohner alle gratis schwimmen können und zwar überall, wieso dann nicht die Bäder schließen.

Ö: Und nach ein paar Stunden senkt sich der Wasserspiegel wieder und die Stadt wird von den Bewohnern abgetrocknet. Das finden Sie spektakulär?

D: Jetzt, wo Sie es sagen, nein, eigentlich nicht. Sie haben

Recht. Eigentlich ist Schatili kein sehr interessanter Ort.

R: Doch. Weil es keine Stadt gibt, in der es so oft brennt, wie in Schatili. Auch, wenns komplett unter Wasser steht. Ein Phänomen.

Ö: Aber es brennt sicher nicht lange, wenns unter Wasser brennt.

R: Doch, Sie werden lachen. Schatili ist schon mehrmals komplett abgebrannt, obwohl es jeweils bis zur Kirchturmspitze unter Wasser stand. Schatili, eins der acht Weltwunder. Man muss mit dem Löschen immer warten, bis das Wasser weg ist, weil unter Wasser die Feuerwehrschläuche nicht funktionieren.

Ö: Verrückt.

24. 10. 2009/14.10 Uhr/Swaneti

D: Entschuldigung, war das gerade Swaneti?

Ö: Ja, natürlich. Hat man doch an den durch die Luft fliegenden Eseln gesehen.

D: Natürlich. Gibt es in Georgien eigentlich noch andere Orte, in denen Tiere durch die Luft geworfen werden?

Ö: Hm, glaube nicht. In Gori wirft man Briefgelsen aus dem Fenster, aber das ist ja etwas anderes, die können ja fliegen.

D: Briefgelsen? Werden denen auch kleine Briefe an die Beine gebunden?

Ö: Ja, für sehr kurze Nachrichten ist das gar nicht schlecht. Aber nicht nur fliegende Tiere werden in Swaneti geworfen.

D: Ich habe gehört, dass immer derjenige Bürgermeister wird, der einen Esel am weitesten werfen kann.

Ö: Ja, der sogenannte Wahlesel. Wer den am weitesten und höchsten wirft, wird zum Bürgermeister gewählt.

D: Der amtierende Bürgermeister hat den Esel 95 Meter weit geworfen.

Ö: Und 128 Meter hoch.

D: Ich frag mich nur, ob den Eseln nicht die Landung sehr wehtut.

Ö: Nein, die landen auf allen Vieren und grasen ganz gemütlich weiter. Das macht wohl die Gewohnheit.

R: In Swaneti wurden früher Pferde so lange am Hals gezogen, bis sie in die Baumkronen beißen konnten. Die Hälse waren bis zu 20 Meter lang und die Beine hat man auch lang gezogen, dann hat man die ganze Herde einem Händler aus Afrika verkauft.

D: Kaum zu glauben.

24. 10. 2009/15.00 Uhr/Zinandali

D: Ich bin froh, dass wir nicht in Zinandali aussteigen. Die Einwohner von Zinandali haben ja chronische Zahnschmerzen und unentwegt dicke Backen. Ein einziges Gewimmere und Geheule auf den Straßen.

Ö: Weils auch weh tut. Zinandali wurde zur zahnempfindlichsten Zahnschmerzhauptstadt der Welt gewählt. Es ist unglaublich, wie verrottet und entzündet die Mäuler der Zinandalis sind.

D: Wahrscheinlich liegts an der Ernährung. Zinandalis essen ausschließlich Zucker, manchmal auch Süßigkeiten, aber sonst nur Zucker. Kiloweise. Gleichzeitig wurde aber aus religiösen Gründen das Zähneputzen verboten. Man soll nicht in Gottes Schöpfung eingreifen, blablabla, man kennt das ja. Alle Zähne liegen in Gottes Hand, wenn er wollte, dass sie vom Zucker befreit werden, würde er sie putzen.

Ö: Im Durchschnitt hat jeder Erwachsener 85 Löcher in den Zähnen.

D: Ja, in jedem einzelnen Zahn.

Ö: Natürlich. 32 mal 85. Über zweieinhalbtausend Löcher. Viele Kinder haben schon Löcher, bevor sie Zähne haben.

D: Viele kriegen gar nicht erst Zähne sondern nur Löcher. Ein dentales Massaker. Warum gibts eigentlich keinen einzigen Zahnarzt in Zinandali? Da könnte man sich ja blöd verdienen.

R: Alle Zahnärzte von Zinandali sind bei einem Betriebsausflug 1912 von einem Fass mit Amalgam erschlagen worden. Kein Zahnarzt traut sich mehr hin. Schlechtes Omen.

24. 10. 2009/16.35 Uhr/Samegrelo

D: (liest) Samegrelo hat vier Millionen Einwohner und ist in einer Nacht-und-Nebel-Aktion 1987 innerhalb von nur vier Minuten erbaut worden. Wow. Dass man so schnell eine ganze Stadt bauen kann.

Ö: Das ist nichts besonderes. Georgier sind bekannt dafür, wahnsinnig schnell Städte zu bauen. Tiflis wurde in 39 Sekunden erbaut.

D: Unglaublich. (Liest weiter.) Samegrelos Häuser sind nicht aus Stein oder Beton gebaut, sondern aus Blätterteig. Jedes Haus ist mit etwas anderem gefüllt. Schafskäse, Spinat, Schokolade sind die häufigsten Füllungen. Hm, klingt lecker.

Ö: Darf man aber nicht essen. Klar, sonst wären die Bewohner ja obdachlos.

D: Gibts einen Grund, warum die Häuser aus Blätterteig gemacht sind?

Ö: Blätterteig war 1987 sehr billig. 1988 waren Königsberger Klopse günstig.

D: Da wurden dann Häuser aus Königsberger Klopsen gebaut?

Ö: Nein, die Klopse wurden natürlich gegessen. Was für eine merkwürdige Frage.

D: Ich dachte ja nur, weil der Blätterteig ...

Ö: Ja, schon gut, interessiert mich nicht, was Sie denken. Steht da auch etwas darüber, wieso Samegrelo das Epizentrum der weltweiten Wut ist?

D: Moment. (Liest.) Ja, hier steht: Samegrelo gilt als Hauptstadt der Aggression. Die Einwohner sind zeitlebens unfreundlich und schreien sich gegenseitig an, geben sich Ohrfeigen und ziehen sich bis zum Tod an den Haaren. Vermutlich ist der Grund hierfür die aggrozytenreiche Ernährung. Hä? Was ist denn aggrozytenreiche Ernährung?

R: Hasssuppe, Wutmilch und Schlagsahne. Vitamin A, A wie Aggression.

D: Aha, sehr interessant.

24. 10. 2009/18.10 Uhr/Kartli

D: Oh, das hübsche Städtchen Kartli. Haben Sie mir erzählt, dass hier das russische Roulette erfunden wurde?

Ö: Ja, aber in Kartli machte man das nicht mit einem Revolver, sondern mit Bäumen. Zehn Bäume, einer von denen war angesägt, man stellte sich abwechselnd unter einen dieser Bäume, und irgendwann wurde einer erschlagen.

D: Ich dachte, dass das mit Kampfhunden gemacht wurde. Zehn wilde Bestien, aber nur neun waren zahnlos und man ging abwechselnd in den Zwinger.

Ö: Nein, aber was stimmt, ist, dass in Kartli bei der Entwicklung des russischen Roulettes viel ausprobiert wurde. Mit zehn Äxten, neun waren stumpf. Oder auch zehn mal Bungeejumpen, aber ein Seil ist aus Watte. Tolle Ideen hatten die Leute in Kartli.

D: Aber warum? Warum waren die Leute in Kartli so sehr des Lebens überdrüssig?

Ö: Ihnen war fad, denn in Kartli ist es traditionellerweise so, dass man direkt nach seiner Geburt innerhalb von 24 Stunden alles erlebt, was das Leben interessant machen kann. Ab dann ist einem unglaublich langweilig.

D: Wie soll das denn gehen. Innerhalb von 24 Stunden.

Ö: Naja, Reisen, Sex, Geld, die Höhen und Tiefen eines Lebens innerhalb von 24 Stunden und ab dann: Langeweile.

R: Reisen, Sex und Geld. Ich hab früher meine Reisen mit Sex finanziert. Ich bin sehr gut im Bett, wissen Sie.

Ö: Ha, gut zu wissen.

Aus dem knielangen Wollmantel des Russen krochen Borkenkäfer. Ich erkannte Haarreste an der Klinge seines Krummdolchs, den er im Schweinsledergürtel stecken hatte. Ich schlief unglücklich ein.

Als Graz kurz kommunistisch war

Steirische Kolchosen laden ein: Hilf mit, das Plansoll zu erfüllen! Werde ein Held der Arbeit! Die Arbeitsbrigade »Roter Kürbis« verdoppelt die Erträge für die werktätigen Massen, das gesamte Politbüro stößt in Graz auf diesen Erfolg an mit einem Gläschen »Karl-Marx-Schilcher«. Über der Mur flattern rote Fahnen stolz im Wind!

Erleben wir gerade das Ende vom Ende des Kommunismus ausgerechnet in der Steiermark, dem alten ÖVP-Stammland? Dann kommt wahrscheinlich als Nächstes Bayern dran. Gregor Gysi wird bayrischer Ministerpräsident und dass mir neben Ernesto Che Kaltenegger kein anderer österreichischer Kommunist einfällt, der Tiroler Landeshauptmann werden könnte, zeigt, dass man sich in der letzten Zeit in Österreich viel zu wenig mit dem Kommunismus beschäftigt hat. Da hat man sich ganz auf das FKKPZÖ konzentriert, auf die Aufmärsche halbtoter Kriegsverbrecher in irgendwelchen Kärntner Tälern, auf fast schon verweste Faschisten und ihre merkwürdigen Enkelsöhne und hat gar nicht mitbekommen, dass nach dem Fall der Berliner Mauer langsam aber stetig wieder etwas entstanden ist, das wir hier mit dem »Spiegel« gemeinsam »Die Wiederauferstehung des Karl Marx« nennen wollen. Langsam nämlich kommen immer mehr Menschen drauf, dass es dem Kapitalismus im Ernstfall unwichtig ist, wie es den Menschen geht, solange die Kohle stimmt. Klar, ein Bankkonto hat kein Moralempfinden, aber wir haben uns lange vorgegaukelt, dass dem Geldschein irgendwie doch auch was an uns liegen muss, wenn wir uns so um ihn bemüht haben. So hart für den Hunderter haben wir gearbeitet, so früh sind wir für den Tausender aufgestanden, so schwer gehoben haben wir für die Million, so viel telefoniert für die Milliarde. Da muss man dem Geld einfach menschliche Züge geben, Empfindungen, Mitleid, Liebesfähigkeit. Weil es sonst so kalt und unheimlich ist, das Geld.

So wäre Kapitalismus schön: Morgens aufwachen, und der hübsche, optimistisch gelbe 200-Euro-Schein weckt dich mit einem sanften Kuss und sagt »Schön war die letzte Nacht. Schau, ich bin schwanger!« Und siehe da: Dutzende weitere herrlich gelber Euroscheine purzeln quietschvergnügt ins Bett.

Aber so ist es eben nicht. Geld schmiert keine Jausenbrote und macht uns keinen Tee. Mit Geld ist nicht gut Kirschen essen. Ein Konzern hat keine Kumpelqualitäten, die Börse kein Herz und auf Rendite reimt sich Schiete. Wenn in Oslo eine Aktionärsversammlung ansteht, werden in Bergen oder Lilleström, aber auch in Steyr, Stuttgart und Schwerin schnell noch ein paar Menschen entlassen, weil das bei der Aktionärsversammlung erfreut aufgenommen wird. Pro 1000 Entlassungen ein Dezibel mehr Lautstärke beim Applaus. Und weil die Aktionäre inzwischen weltweit so laut klatschen, schmerzen uns Steigbügel, Amboss und Trommelfell, und darum müssen wir zum Arzt, den wir selbst bezahlen müssen, weil die Gesellschaft das nicht bezahlen kann, weil sie zu arm ist, weil die Menschen arbeitslos sind und wenig Steuern zahlen und wenig in die Krankenkassen, und die großen Konzerne sind unzufrieden, dass die Binnennachfrage einfach nicht steigt und drohen deswegen mit weiteren Entlassungen. Und irgendwann gibt es fünf Milliarden Menschen ohne Arbeit und fünf Menschen, denen alles gehört, was die Welt im Regal stehen hat. Wüsste man mit Sicherheit, dass man zu diesen fünf Menschen gehört, wäre alles in Butter, aber wahrscheinlicher gehören ich und Sie zu den anderen, den sogenannten Kapitalismus- und Globalisierungsverlierern. Und da kommt wieder der längst totgesagte Hobbyfußballer von Eintracht Trier ins Spiel, der alte Marx, in Wien ein Heiliger. St. Marx ist so etwas wie der St. Nikolaus der Besitzlosen. Und weil der gute Marx wieder da zu sein scheint, zur Auffrischung ein paar Eckdaten:

1. Marx ist nicht nur totgesagt, er ist wirklich tot.

2. Marx sah aus wie eine Mischung aus Harry Rowohlt und ZZ Top.

3. Marx hatte keine nach Amerika ausgewanderten Brüder, die dort als Komiker Erfolge feierten.

4. Marx war weder Leninist noch Stalinist noch Maoist. Auch nicht Trotzkist. Er war einfach Marxist und zwar von allen Marxisten eigentlich der einzige, der diesen Namen auch wirklich verdient.

5. Marx war der erste Kommunist, und der erste Kassawart der Partei war Friedrich Engels. Engels ist auch schon tot und sah auch aus wie einer von ZZ Top. Er war ein reicher Fabrikant aus Wuppertal, der Stadt an der Wupper, die eine Schwebebahn hat, die an einer Milchfabrik vorbeiführt und in der zu Werbezwecken einmal ein Elefantenbaby transportiert wurde, das aber während der Fahrt aus der Schwebebahn in die Wupper gestürzt ist, und zwar genau an der Stelle, wo die Milchfabrik steht, die daraufhin ihre Milch nach dem Elefantenbaby benannt hat, weshalb seit Jahren alle Kinder in und um Wuppertal zum Frühstück von ihrer Mutter ein Glas »Tuffi«-Milch bekommen. Von ihrer Mutter! Und nicht vom Kapitalismus, gegen den Friedrich Engels von Wuppertal aus schon vor 150 Jahren antrat, bevor er selber über die Wupper ging. Aber wahrscheinlich

haben die beiden Buddys Marx und Engels nach der Wahl in der Steiermark kurz in ihren Holzpyjamas gelächelt.

»Hast du gehört, Karl?«

»Meinst du die Signale, Friedrich?«

»Ja, Karl. Auf zum letzten Gefecht. Noch einen Schluck Tuffi?«

»Nee, Fritz. Schmeckt für mich wie Elefantenpisse!«

This land is your land, this land is Mailand

Mein heutiges Aufsatzthema lautet: »Die USA und Verbündete wie ich«. Um es gleich zu sagen: Wer solche Verbündeten wie mich hat, braucht keine Feinde. Bevor es ernst wird, bin ich schon eine Fliege, für die USA riskiere ich keinen einzigen meiner leicht verschmutzten Krägen. Und warum? Weil man sich auf amerikanischem Boden beim Immigration Office als Ausländer etwa so herzlich willkommen fühlt wie ein Schwarzafrikaner bei HC Strache daheim oder wie ein Zeuge Jehovas im Taliban-Ausbildungscamp. Die deutsch-deutsche Grenze, Gott hab sie selig, war dagegen ein Knigge-Workshop, eine Atmosphäre voll Güte und Höflichkeit, und die DDR-Grenzbeamten gegen die Mitarbeiter der Homeland Security lockere Partytypen. Die Homeland Security wurde 2002 gegründet, nach dem Anschlag aufs WTC, und hat seitdem eine Mission: Bedrohungen vorauszusehen, ihnen zuvorzukommen und sie abzuwenden. 180000 Beschäftigte hat dieses Ministerium, nur das Pentagon hat noch mehr. Und so überprüfen sie grimmig Papiere, nehmen skeptisch Fingerabdrücke und vergleichen Böses ahnend Iriden. Wenn Ihnen das Wort »Iriden« jetzt nichts sagt, stecken Sie sich einfach mal beide Zeigefinger mitten in beide Augen. Jeweils auf die Iris. Wenn Sie sich an diesen Versuchsaufbau halten, müssten Sie jetzt eigentlich beide Iriden berühren. Die Finger können Sie jetzt wieder aus den Augen nehmen und weiterlesen. Vielleicht müssen Sie ja auch bald in die Vereinigten Staaten reisen, und dann wissen Sie nicht, was Sie erwartet, weil Sie beide Finger in den Augen stecken haben. Auch wenn ich das gut verstehen kann. Ein eigentlich ganz angenehmes Gefühl, wenn die Fingerkuppe die Regenbogenhaut berührt. Wenn Ihnen der Begriff »Regenbogenhaut« jetzt auch nichts sagen sollte, stecken Sie halt in Herrgotts Namen noch einmal die Finger in die Augen, mitten rein in die Iriden und, voilà, da ist sie, die Regenbogenhaut. Aber nicht zu fest zudrücken, die brauchen Sie noch. Ohne Iris können Sie sich Ihren Amerikaaufenthalt gleich mal wie Schuppen aus den Augen abschminken. Amerika passt nämlich auf, wie ein Luchs, denn überall lauert Ungemach, der Teufel, the Evil und dem Bösen will Amerika in die Iris blicken. Furchtlos. Bedrohungen voraussehen, ihnen zuvorkommen und sie abwenden. Ich gebs gern zu. Ich wär auch nicht gern eine Weltmacht, deren Fahne ständig von bärtigen Idioten verbrannt wird. Genauso ungern wäre ich jahrelang im heißen Guantánamo eingesperrt, nur weil ich bärtig bin. Ich will mein Licht hier nicht unter den Scheffel stellen, aber wahrscheinlich werde ich in diesem Leben keine Weltmacht mehr, nur unrasiert bin ich manchmal. Das erklärt vielleicht meine kritische Haltung. Man lebt nicht gerne überwacht. Und man lebt nicht gerne in einem Land, in dem eine ständige Bedrohung suggeriert wird. Dann bekommt man nämlich Angst vor lauter Angst. Jeder.

»400 000 Trucker bewachen Amerikas Straßen vor Terroristen«, verkündet die American Trucking Association stolz. Seit zwei Jahren betreibt die ATA das sogenannte Highway Watch Programm und bildet LKW- und Bus-Fahrer gegen den Terrorismus aus. Terroristen wurden zwar noch keine gefunden, aber immerhin senden die Anti-Terror-Trucker durchschnittlich 272 Meldungen im Monat. Liebe Leserinnen und Leser, seien Sie also nicht überrascht, wenn Ihnen in den USA auf einem Autobahnparkplatz ein ölverschmierter Finger in eine Ihrer Iriden gesteckt wird. Da will einfach ein besorgter Trucker seine Pflicht tun, das werden Sie ja wohl verstehen.

Was die Trucker können, das können zum Beispiel Bäcker schon lange. Ich möchte die Überschrift lesen: »500 000 Bäcker bewachen Amerikas Backöfen vor Terroristen!«. Und »600 000 Klofrauen bewachen Amerikas Kloschüsseln vor Terroristen«. Bis man allerdings auf einer amerikanischen Flughafentoilette von einer patriotischen Klofrau in die Regenbogenhaut gekniffen wird, hoffe ich, dass die bärtigen Glaubens-Knallchargen aller Länder sich mal ganz ruhig darüber unterhalten, ob sie sich sicher sind, dass sie noch alle Tassen im Schrank haben. Das sollen sie sich ganz intensiv fragen und sich dabei tief in die Iriden schauen.

Nackt

Ich hatte noch niemals etwas an, wenn ich schwamm. Ich muss auch ehrlich gesagt ein bisschen schmunzeln bei dem Gedanken, nicht nackt zu schwimmen. Aber Kollegen haben mir versichert, dass es Menschen gibt, die sich extra anziehen zum Schwimmen. Ich bin da neugierig geworden. Ja, es gibt Schwimmer, die tragen Hüte und Schwimmerinnen, die kleine Handtaschen passend zu den Schuhen im Wasser tragen. Aber jetzt mal ehrlich: Wer trägt Kleidung im Wasser? Die wird doch nass? Es gibt nur eine Gruppe von Bekleideten, die sich im Wasser aufhalten: Wasserleichen. Alle anderen erscheinen mir nicht ganz dicht. Wer in einen Regenschauer gerät, wie er in Zeiten des Klimawandels ja immer möglich ist, also keinen Schauer im Sinne von »Schauer«, sondern etwas, das das Gefühl verstärkt, das Universum kotze sich aus, so ein wirklicher Kyoto-Regen, und wer dann so klitschklatschklitschnass ist, dass die Poren tropfen und jede Faser des eigenen Gewandes gesättigt ist mit Nässe auf Generationen hinaus, dass Trockenheit so möglich erscheint wie die unbefleckte Empfängnis einer Atheistin, dem wird schnell begreiflich sein, dass sich Kleidung und Wasser verhalten wie Austria und Rapid, wie Fingernägel und Nagelschere. Ziehen Sie einmal nur einen Wollpullover an und springen Sie von der Reichsbrücke in die Donau. Der Pullover saugt sich voll und zieht Sie in die Tiefe zu den Resten der alten Reichsbrücke. Amen, hosianna, ein Platz für Sie am Friedhof der Namenlosen, der letzten Ruhestätte der Angeschwemmten. Da hilft es nichts, dass Ihre Badehose modern geschnitten ist und den Schritt betont, da heißts untergehen mit Mann und Maus.

Und jetzt: Betrachten wir den Nackten, den Nackerten, der seine Haut zur Kühlung mit klarem Wasser benetzt und später an der Sonne trocknet. Ohne Handtuch, nur vom Wind beblasen. Nichts zieht den Nackten in die Tiefe, stolz präsentiert er sich, wie ein nicht vorhanden seiender Gott ihn erschaffen hätte, würde es ihn geben.

Die Erfinder der Freikörperkultur Heinrich Pudor, Richard Ungewitter und Karl Wilhelm Diefenbach beriefen sich auf eine jahrtausendealte Tradition der Nacktheit. Ägypter, Assyrer und Griechen wussten um den Wert einer kleiderfreien Erziehung, vielleicht auch, weil es einfach billiger war. Der Assyrer hatte nicht so viel, verglichen mit dem Durchschnittseinkommen eines heutigen Gazprom-Managers. Der Maler Karl Wilhelm Diefenbach begann 1888 in einer einsamen Waldgegend Bayerns das »Sonnenmenschentum« zu predigen. Wegen groben Unfugs wurde er zu einer Haftstrafe verurteilt. Richard Ungewitter veröffentlicht 1906 sein Buch »Die Nacktheit«, in Berlin entsteht daraufhin die FKK-Vereinigung »Aristokratische Nudo-Natio-Allianz«, kurz ANNA. Zwei Jahre später gründet Ungewitter die »Loge des aufsteigenden Lebens«, mit Gruppen in Deutschland, Österreich, der Schweiz und der Tschechoslowakei. Die Freikörperkultur setzte ihren Siegeszug fort. Eduard Frankhauser veröffentlicht sein Buch »Nacktheit vor Gericht«, das sich auf seinen Freispruch aus dem Jahr 1926 bezieht. 1931 erscheint der erste FKK-Kalender mit dem Titel »Nackt das ganze Jahre«, 1933 wurde in Kalifornien die erste »Nackt-Hochzeit« vollzogen, wobei alle Anwesenden (Brautpaar, Trauzeugen, Brautjungfern, Gäste, Organist, aber auch der Pastor) nackt waren. Nackt unterm Nationalsozialismus, nackt im Kommunismus, der Mensch wird nackt geboren und zeigt es fortan, ganz egal in welchem Gesellschaftssystem er sich ausziehen kann. Die glorreiche Geschichte des Naturismus und der Nacktheit lässt sich anhand der offiziellen FKK-Zeittafel klar nachvollziehen. Aber wie viele Erfolgsgeschichten scheint auch sie abrupt zu enden. Der letzte Eintrag lässt Böses ahnen: »Außer schwindenden Mitgliederzahlen und Überalterung in den Vereinen gibt es leider kaum noch wesentliche Ereignisse in der Freikörperkultur.« Aus. Hier endet die offizielle FKK-Zeittafel. Ist es das, was Sie, lieber Leser und Sie, liebe Leserin, wollen? Eine Kultur zu Grabe tragen, nur weil sie einen Hauch Stringa am Körper tragen, der das unchic gewordene Arschgeweih ohnehin nicht verdecken kann? Die FKK-Seite gab ein Jahr zuvor bekannt, dass es schlechte Nachrichten aus Afrika gibt. Das weltgrößte Nudisten-Gelände musste dort geschlossen werden. Drei Jahre zuvor hieß es noch optimistisch: »Die Vereins- und Verbandssatzungen erklären sich und die Vereine für den Fall für überflüssig, wenn die Nacktheit in einen allgemeinen Zustand übergeht.«

Machte sie nicht, die Nacktheit. Aber noch ist nicht aller Nackten Abend. Seien Sie solidarisch. Schwimmen Sie nackt.

Eier

Ein Sommerloch reicht nicht. Man muss mindestens sechs in den Boden stechen, um ordentlich ein Zelt aufzustellen. Alte Camperweisheit: »Lass Karpfen sein, steck Hering rein!« Das Zelt – das Hilton des kleinen Mannes. Wo alles nach Plastik riecht und ab fünf Uhr morgens die Luft heiß und stickig wird. Ohne Dusche und ohne Klo, sich in seinem eigenen Schweiß waschen und dann in den Sand scheißen und sich mit alten »Bild«-Zeitungen den Popo abwischen. Und dabei die vollgeschissene »Bild«-Zeitung von vorgestern lesen, während einem Ameisen übers Genital laufen. Herrlich. Auf den Campingplätzen dieser Welt ist der eindeutige Beweis zu finden, dass es Gott nicht gibt. Dass es trotzdem so viele Menschen in Zelte zieht, ist unbegreiflich und nur mit Selbsthass zu erklären. Es ist leicht nachzuvollziehen, wieso Muammar al-Gaddafi als Drahtzieher des internationalen Terrorismus gilt. Der Mann lebt überwiegend im Zelt, da entsteht Wut. Wenigstens muss er für diese unerträglichen Zeltnächte nicht auch noch Campingplatz-Gebühren zahlen, weil er ja praktisch der Campingplatz-Chef von Libyen ist. Am deutlichsten wird der Welthass des »Führers der Revolution«, wenn er ausländische Besucher zwingt, in sein verschwitztes Zelt zu kommen, an dem nicht einmal ein Fliegennetz angebracht ist. Da fliegt man stundenlang von Klagenfurt nach Tripolis, um dann mitten in der Wüste in einem Zelt zu landen. Hätte man so eine Reise bei TUI gebucht, frage nicht, was da an Reklamation käme. Aber das ist hohe Politik, die hohe Schule der Diplomatie. Vielleicht ist es tatsächlich so, dass sich Politiker heimlich auf Campingplätzen treffen. Und war es dann so, dass unseren österreichischen Politikern während der schwarzblauen Regierungszeit keiner den Gaskocher borgte? Das Autan nur unter den »14« hin- und hergereicht wurde, aber unsere Regierung sich von Gelsen zerstechen lassen musste? Eine Aufhebung der Campersolidarität. Vielleicht borgte uns ja heimlich die finnische Delegation einen Campingsessel und die schwedische einen Tisch?

Ich habe Gott sei Dank noch nie einen Zeltplatz von außen, geschweige denn von innen gesehen. Ich gehe selbstverständlich ins Hotel. Obwohl ich nicht in der Essig-Industrie werke, werfe ich mein sauer verdientes Geld kübelweise aus dem Hotelfenster. Ich fresse und saufe die Minibars zwischen Berlin und Wien leer, dass es eine Freude ist. Ich telefoniere ausschließlich vom Zimmer, weil mir die Handyrechnung vergleichsweise zu niedrig erscheint. Ich buche ausnahmslos Spitzenhotels, Pensionen zum Beispiel nie, weil ich mich für die Pension noch zu jung finde. Ich checke ein, stopfe mir die Minibar rein, und dann: Pay-TV. Das Zelt, das dann entsteht, ist meine einzige Verbindung zum Campingplatz. In den Hotels dieser Welt gibt es vier verschiedene Pay-TV-Programme. Zwei bieten sogenannte »Blue Movies« an, die anderen beiden zeigen Spielfilme. Jetzt mal ehrlich: Hat irgendjemand von den Herren Lesern schon irgendwann einmal einen Spielfilm konsumiert? Nachts um drei ins Hotel zurückgekommen und dann »Das Piano« angeschaut? Schreiben Sie bitte mal spontan die letzten drei Spielfilme auf, die Sie im Hotel-Pay-TV gesehen haben:

1.

2.

3.

Gähnende Leere, was? Tatsächlich gibt es unter Pay-TV-Konsumenten aber den Wettbewerb: »Wie schaff ichs unter zwei Minuten«. Die ersten beiden Minuten sind gebührenfrei und man möchte doch verhindern, beim Auschecken die freundliche Dame laut rufen zu hören: »Minibar und einmal Pay-TV!« Obwohl das Fernschauen auf der Rechnung ja eh sehr diskret und verwirrend formuliert unter »Kommunikation« aufscheint. Alleine Pornos schauen als »Kommunikation« zu bezeichnen ist nicht ganz fantasielos. »Selbstgespräch« wäre zwar treffender, aber das klänge natürlich schon irgendwie überführend. Es geht also darum, seinen Körper so zu trainieren, dass die kostenfreien zwei Minuten erfolgreich genutzt werden können, dann erspart man sich peinliche Zwiegespräche an der Rezeption und daheim. Deshalb empfehle ich: Am Frühstücksbüffet so viele Eier zu essen, wie nur irgendwie geht, damit vorm Fernseher nicht versagt wird. Denn so weit ist es bei mitteleuropäischen Männern schon gekommen: Versagensängste beim Pay-TV. Das sind natürlich Probleme, die Zelter nicht kennen. Dafür müssen wir »Hoteller« auch nicht kontrollieren, ob die Heringe unserer Unterkunft noch fest sitzen.

Grillenlasser

Grillen Zirpen oder zirpen Grillen? Eine Art Biologie-Legasthenie. Ich weiß es nicht. Wie alle, die ich kenne, bin ich zur Zeit 40 und weiß nicht, wie das Tier und wie die Tätigkeit heißt. Zirpt man oder grillt man? Ich habe einen Verdacht.

Man zirpt. Es gibt Zirpfeste. Dort legt man Schweinebäuche und Folienkartoffeln auf den Zirp, man fächert mit einem Bier in der Hand der Glut Luft zu, auf dass die Zirpwürste und die Zirptomate fein werden. Wichtige Zirputensilien sind: die Zange, der Handschuh, Spiritus und Kohlen. Männer zirpen. Zirpen ist so wie Prostatakrebs ein Vorrecht der Männer. Warum eigentlich? Weil sie eine bessere Orientierung haben. Frauen tun sich mit sehr vielem im Leben sehr viel leichter als Männer, aber sie haben keinen Orientierungssinn. Keine Frau könnte spontan sagen, wo links ist und wo rechts. Dafür wissen Frauen, ob Grillen zirpen oder Zirpen grillen. Vielleicht führt der bessere männliche Orientierungssinn zu Prostatabeschwerden oder zur Prostata selbst. Haben kleine Männer, also junge Männer, eigentlich auch eine Prostata? Hört man nie, dass es bei Einschulungen auch Prostatauntersuchungen gibt. Vielleicht wächst die Prostata erst mit dem Einsetzen des Orientierungssinns und dem Erwachen der Sexualität. Beides gehört ja zusammen. Denn der Mann muss sich zurechtfinden, rein räumlich, um geglückte Sexualität zu haben. Die Prostata hat laut meinem Großvater Hermann Stermann nur eine Funktion:

»Damits beim Wichsen nicht staubt!« Ein einfacher Mann mit einer derben Sprache, dem ich lyrisch überlegen bin, aber grundsätzlich hat er Recht. Junge Männer brauchen deshalb also auch keine Prostata, weil ihre Sexualität ja noch im Staub liegt. Haben junge Männer schon einen guten Orientierungssinn? Nein. Denn zumeist haben sie es mit der Mutter zu tun, die keinen Orientierungssinn hat, aber andere Qualitäten, die Söhne sehr schätzen können. Wenn also Jungen vor der Geschlechtsreife nicht zur Schule kommen, kann das daran liegen, dass ihre Mütter ihnen den Weg erklärt haben. Was hat die Prostata mit dem Grillen zu tun (Oho! Sic! Jetzt weiß er also doch, wie es heißt. Natürlich, ich habe gesagt, ich sei Biologie-Legastheniker, nicht Essenszubereitungs-Legastheniker. Ich koche deswegen nicht Frühstückseier in einem Topf mit kochendem Öl, um nur ein Beispiel zu nennen.)

Die Prostata eignet sich nicht als Grillgut. Aber sie hängt mit der Orientierungsfähigkeit des Mannes zusammen. Auf dem Grill liegen unzählige verschiedene Produkte, auf jedem Grill ergibt sich eine Art Landkarte. Links die Würste, oben die Steaks, unten die Langusten, rechts die Zucchini. Das sind zu viele räumliche Begriffe für eine Frau. Außerdem sind Frauen natürlich vorsichtiger. Spiritus und offenes Feuer, da läuten bei Frauen schneller die Alarmglocken. Frauen hängen am Leben und wollen nicht bei Grillunfällen Feuer fangen, vor allem, weil sie wissen, dass sie niemals den Weg ins Unfallkrankenhaus finden würden. Männer, voll eitler Gewissheit, überall hinzufinden, schütten literweise Benzin und Schnaps in die Flammen und brennen oft ab, noch bevor die erste Kartoffel gar ist. Warum wohl werden Frauen im Durchschnitt fast zehn Jahre älter als Männer? Nur wegen dem fehlenden Prostatarisiko? Nein. Sie leben länger, weil sie nicht grillen. Sondern hübsch neben der

Barbecuesauce sitzen und sich unterhalten, während ihr dampfender Mann inmitten giftiger Dämpfe steht, Feuer fängt und eine Säuferleber bekommt, weil er aufgrund der unglaublichen Hitze ständig trinken muss.

Ich grille deswegen selber nie. Ich lasse grillen. Von eitlen Männern. Und sitze bei den Frauen. Den hübschen Frauen. Wir schäkern zwischen Ketchupflaschen. Ich imponiere ihnen mit meiner Orientierung. Der Grillhandschuh ihrer Männer fängt derweil Feuer, die Augenbrauen versengen. Einige fallen mit Leberzirrhose auf die Schweinskoteletts. Die Frauen und ich, wir haben unseren Spaß. Ein schöner Abend. Während die Grillen zirpen und die Zirpen grillen.

RBB

Wer zu häufig und zu lang in der Sonne ist, bekommt Hautkrebs. Wer allerdings immer nur zu Hause bleibt, kriegt Hauskrebs. Behauptet mein Geschlechtsteilarzt. Als Urologe hat er es oft mit verschrumpelten Geschlechtsteilen zu tun, die aussehen wie alte Bananen, die man im Kühlschrank vergessen hat. Der Legende nach hatte Eva eine solche braune Banane im Obstkorb liegen, weswegen sie verständlicherweise lieber einen Apfel haben wollte. Die Schlange vom Baum der Erkenntnis ist natürlich ein Symbol für Adams Geschlechtsteil, das aufgrund einer Geschlechtskrankheit grün geworden war und ledrig und der Baum steht für die Erektionsfähigkeit des ersten Mannes. Adam war als Baby in einen Austerntopf gefallen und deshalb, der Legende nach, dauergeil.

Heutzutage musst du als mitteleuropäischer Mann schon gegen einen elektrisch geladenen Weidezaun pinkeln, um dich wie Adam zu fühlen. Der Legende nach hat der Erfinder des elektrischen Weidezauns gegen seine 2000 Volt starke Erfindung gepinkelt und noch sein Enkel ist mit einer Erektion auf die Welt gekommen. Erfunden wurde der erste Hochspannungszaun im Ersten Weltkrieg vom preußischen Hauptmann Schütte. Zwischen dem besetzten Belgien und den Niederlanden errichteten die Deutschen diesen Zaun. Ein Kontakt mit dem Zaun hatte tödliche Folgen. Etwa 3000 Menschen starben durch den Zaun. Die Deutschen nannten das damals »elektrikutieren«. Warum Deutsche so gut sind im Erfinden von Tötungsarten, weiß ich nicht. Vielleicht liegts am Essen. Zu viel Fleisch oder schon damals zu viel gewaltverherrlichende Computerspiele gespielt. Einige Belgier versuchten trotzdem, den Zaun zu überwinden. Mit Holzfässern in angeblich isolierenden Gummianzügen. Haben Sie schon einmal versucht, in einem Holzfass über einen Zaun zu klettern? Das gehört mit zum Schwierigsten, was Menschen tun können. Ich denke, wir können diese Möglichkeit ins Reich der Legende verweisen. Tatsächlich aber gelang vielen Belgiern mittels Stabhochsprung die Flucht über den Zaun. Das einzige Mal in der Geschichte des Stabhochsprungs, dass dieser Sport Sinn hatte.

Hauptmann Schütte bekam einen Orden, den er sich an sein dauergeschwollenes Gemächt hängen musste, weil ihm im Ersten Weltkrieg große Teile des Torsos weggeschossen worden waren. Die Stelle, an der normalerweise Orden hängen, gab es bei ihm nicht mehr und so hängte man ihm das Eiserne Kreuz an den eisernen Schwanz, wie man damals ehrfurchtsvoll und ordinär sagte. Nach dem Krieg belieferte Hauptmann Schütte in Berlin die Rinderbesamungsanstalt Brandenburg (RBB) mit Elektrozäunen und arbeitete als Polizeihauptmann in Potsdam. Als potentester Bulle der ganzen Mark Brandenburg half er auch im Stall aus, doch als viele Jungkälber mit halbem Torso auf die Welt kamen, verzichtete man zur Trauer der Kühe auf seine Mithilfe. Der Legende nach zog Hauptmann Schütte mit einer Milchkuh aus Prenzlau zusammen, gegen ihren Willen, aber er baute um das gemeinsame Schlafzimmer herum einen Hochspannungszaun, sodass sie nicht herauskonnte. Er selber hatte sich das Stabhochspringen beigebracht, sodass er weiterhin einen ganz normalen Alltag als Berliner Gendarm haben konnte. Bei Reparaturarbeiten am Brandenburger Tor geriet er mit beiden Beinen unter die Quadriga, das Viergespann auf dem Dach des Tors, das vom Berliner Baumeister Schadow gebaut worden war. Ohne Beine und Torso riefen ihn die Straßenkinder Berlins fortan »Pimmelkopf«, was in Wien zu »Nudlaug« wurde. Noch heute hängt in HC Straches Büro ein Porträt vom Hauptmann Schütte, den der Wiener Paintballvizebezirksmeister als Helden verehrt. So einen Zaun, wie Schütte ihn erfunden hat, würde der Zahntechniker, der Bürgermeister werden will, nur zu gerne auch verwenden. Die Moschee würde er gern damit einzäunen und manchmal wacht er nachts schweißgebadet auf, weil er davon träumt, wie Hunderte von Moslems stabhochspringend über seinen Schüttezaun hüpfen. In seinen schlimmsten Albträumen gelingt es dem türkischen Imam sogar problemlos, mit dem Holzfass das Hindernis zu überwinden.

Die Rinderbesamungsanstalt Brandenburg übrigens hat auf Wunsch der belgischen Botschaft und der bislang im Schatten von »Vier Pfoten« stehenden Tierschutzorganisation »Vier Hufe« das Schütte-Denkmal entfernt, das einen schwitzenden Torso zeigte in eindeutiger Pose hinter einer Kuh. Die Rinderbesamungsanstalt Brandenburg kooperiert heute aus finanztechnischen Gründen mit dem Rundfunk Berlin Brandenburg. Außerdem ergeben sich schöne Synergieeffekte zwischen der Rinderbesamung und dem öffentlich-rechtlichen Rundfunk. Schütte übrigens liegt in einem extra angefertigten Sarg auf dem Soldatenfriedhof in Brandenburg an der Havel. Ein kurzer Sarg mit einer langen Ausbuchtung. Bei seiner Beerdigung standen alle seine Enkel in Reih und ausgefahrenem Glied vor dem Grab, an der Leine führten sie die störrische Milchkuh aus Prenzlau. Sie lächelte zufrieden.

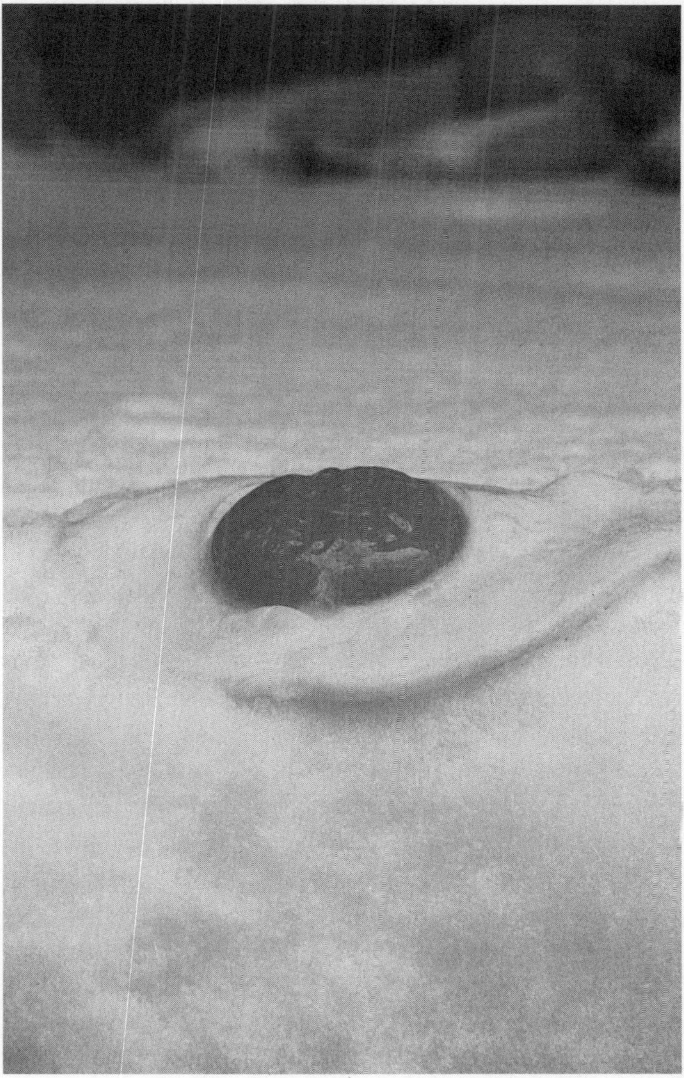

Ohne Freud trüg ich Hut

Wegen Freud trage ich keinen Hut. Ihnen gehts wahrscheinlich genauso. Laut Sigmund Freud kann der Hut als fortgesetzter, aber abnehmbarer Kopf betrachtet werden. Das »Hutabnehmen« bedeutet eine Erniedrigung vor dem Begrüßten. Der Schwächere grüßt zuerst. Das Hutabnehmen gehört zum Begrüßungsritual von uns Männern, schließlich ist der Hut auch »ein Symbol des Genitales, vorwiegend des männlichen«. Und deshalb ist das Grüßen mit dem Hut eine Unterwerfungsgeste, die in »direkter Beziehung zum Kastrationskomplex« steht. Die Formel nach Freud lautet: Hutabziehen = Kopfabschneiden = Kastrieren. Klar?

Mit dem Hutabziehen bringt der Rangniedrigere symbolisch zum Ausdruck, dass er in Gegenwart des Ranghöheren auf eine Erektion verzichtet. Achten Sie mal in der U-Bahn oder im Park darauf, welche Männer ihren Hut ziehen. Diese Männer eregieren nicht in Ihrer Gegenwart, was ich eigentlich sehr beruhigend finde. Im Umkehrschluss heißt das aber, dass alle hutlosen Männer und Männer, die ihren Hut nicht ziehen, grundsätzlich in Ihrer, aber auch meiner Gegenwart erigieren würden, vielleicht sogar wollen. Eine unheimliche Vorstellung. Und: Woher wusste Freud das alles? Zum Beispiel, weil er sich 1876 während eines Forschungsstipendiums an der zoologischen Fakultät in Triest befand und sich dort mit Aalhoden befasste. Natürlich haben Aale keine Hüte, aber die Beschäftigung mit Aalhoden schadet zumindest nicht, wenn man Theorien über Kastrationsängste verfassen will. Vielleicht fragen Sie, lieber hutloser Leser jetzt, wie ein Mann, der vor 150 Jahren geboren wurde, auf die Idee mit der Kastrationsangst gekommen ist.

1. Damals trugen alle Männer Hüte.

2. Die Beobachtung, dass einige Menschen einen Penis haben und andere nicht, führt bei Mädchen zum Penisneid und zur Ablehnung der Mutter, da das Kind die Mutter dafür verantwortlich macht, selbst keinen Penis zu haben. Der kleine Junge wiederum denkt sich: Wenn manche Menschen keinen Penis haben, beziehungsweise keinen Penis *mehr* haben, sieht er sich selbst auch vom möglichen Verlust des Penis bedroht. Diese Angst ist die Kastrationsangst. Sie führt dazu, dass der Bub in der ödipalen Phase den Wunsch nach der Mutter aufgibt, weil er Angst hat, dass der ihm körperlich überlegene Vater ihn kastrieren könnte, wenn er die Konkurrenz um die Mutter nicht freiwillig beendet. Der Sohn zieht quasi den Hut vorm Papa.

»Alle Triebe, die zärtlichen, dankbaren, lüsternen, trotzigen, selbstherrlichen, sind durch den einen Wunsch befriedigt, sein eigener Vater zu sein«, sagt Freud, dessen Vater Kallamon Jacob Freud ein verarmter Wollhändler war. Wollte Sigmund in Wahrheit Wolle verkaufen? Glauben Sie, dass Julian Khol gern sein eigener Vater wär? Und glauben Sie, dass Chelsea Clinton ihrem Vater ernsthaft dessen Penis neidet, der so viel Unheil angerichtet hat? Empfindet sie nicht eher so etwas wie Penislosigkeitsglück? Die Gnade der schwanzlosen Geburt? Immerhin konnte Bill Clinton jede Schuld auf sein *Es* schieben, das triebhafte Element der Psyche, gegen das sich weder sein *Ich* noch sein *Über-Ich* durchsetzen konnte. Im Oval Office geschah *Es*, dank Freud ist Clinton selbst fein raus. Aber kann man heute wirklich mit Freud argumentieren, wenn man seiner Frau einen Seitensprung beichtet? Kann man sagen: »Schatz, ja, ich hab dich 2000-mal betrogen, aber nicht wirklich. Nicht *Ich* bins gewesen, sondern *Es.«* Machen Sie doch mal die Probe aufs Exempel. Zum 150. Geburtstag von Sigmund Freud am 6. Mai. Und lassen Sie mich wissen, wie weit sich Freuds Theorien im Alltag durchgesetzt haben. Eine kleine Vorhersage von mir: Ihre *Es*-Ausrede wird nicht funktionieren. Ihre Frau wird so ähnlich reagieren, wie man den Professor für pathologische Anatomie in Paris nannte, Jean-Martin Charcot, den Freud 1885 in dessen Psychiatrischer Klinik besuchte. Charcots Spitzname war »Napoleon der Hysteriker«. Dieser Spitzname wird Ihnen vielleicht in den Sinn kommen, wenn Ihre Frau auf Ihre *Es*-Störung antwortet. »Aber Liebling«, werden Sie vielleicht entgeistert rufen. »Das *Es* kennt weder Negation, noch Zeit, noch Widerspruch!« Viel Vergnügen bei so einem Gespräch. Da sind das *Ich,* das *Es* und das *Über-Ich,* aber richtig kompliziert wird es, wenn sie dazukommt. Denken Sie nur an Lorena Bobbit. Ich weiß nicht, ob John Wayne Bobbit damals mit Freud argumentieren wollte, oder ob sie die Penisneidtheorie in die Praxis übersetzen wollte. Jedenfalls hat John Wayne Bobbit an diesem Tag im Juni 1993 »den Hut nicht gezogen«. Sie erinnern sich? Hutabziehen = Kopfabschneiden = Kastrieren? Sie schnitt ihrem Mann den Penis ab, Ärzte haben Bobbits Penis wieder angenäht und John Wayne Bobbit landete in der Pornobranche, wo er *Es* gegen Geld tut. Was Bobbit auf Freuds Couch wohl alles erzählen könnte. Man will es sich gar nicht ausmalen.

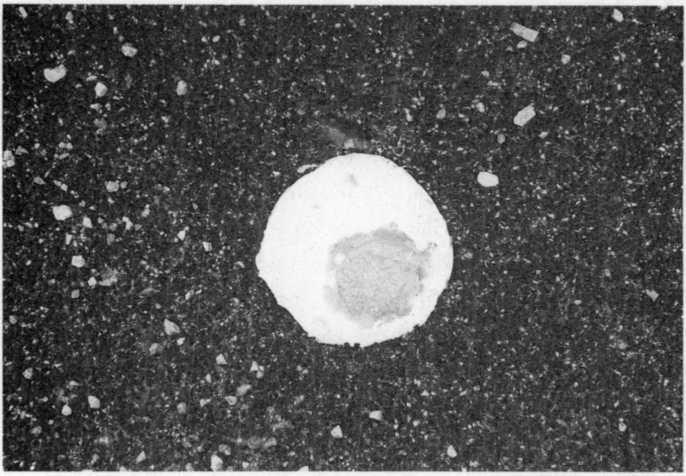

Sex mit Kate Moss und Blähungen im ewigen Eis

Angenommen, Kate Moss kommt nach Wien, geht ins Burgtheater, verliebt sich in Gert Voss und die beiden heiraten. Sie entscheidet sich für einen Doppelnamen. Angenommen, dabei käme heraus, dass er schon einmal mit Diana Ross verheiratet war und noch immer deren Namen trägt, er also Gert Voss Ross heißt, Kate Moss ihm eröffnet, auch bereits eigentlich einen Doppelnamen zu tragen, nach einer früheren Ehe mit Hugo Boss. Trotzdem möchten beide beider Namen tragen. Angenommen, aus dieser wunderbaren Ehe geht nach einer herrlichen Liebesnacht ein Sohn hervor, den sie »Hoss« nennen, in Erinnerung an den dicken Sohn von Ben Cartwright bei »Bonanza«. Wie hieße dieser Sohn dann? Er hieße Hoss Moss Boss Voss Ross. Und ich hätte einen neuen Lieblingsnamen. Bisher heißt meine Favoritin: Emmy Schulze Wettendorf vor dem Brocke Mackenbrock. Ein Name, den man bald nicht mehr in seiner ganzen prachtvollen Länge wird aussprechen dürfen, da auch beim Sprechen der CO_2-Ausstoß nicht ganz unerheblich ist. Es herrscht nicht nur häufig Fadgasalarm, sondern echter.

Sie werden verstehen, dass ich für die 2000 Euro, die so ein Text einbringt, mich nicht extra noch schlau mache, was eigentlich genau CO_2 ist. Kohlenirgendwas halt. Und der für mich zuständige Redakteur, Hans Schneeweiß, hat mir geschrieben, ich solle etwas über neue Abgasnormen schreiben. (In Klammern stand im Mail noch: »diese CO_2-Schleudern, die demnächst mehr Steuern zahlen müssen«.)

Mein erster Impuls war, dass dieses Thema ein wenig unsexy ist. Deshalb hab ich als Erstes geschrieben: Sex mit Kate Moss, um von dem etwas graubeschleierten Technikthema abzulenken. Abgasnormen, da schwingt enden wollend Erotik mit. Ich weiß, dass Kate Moss in einem Text über Abgasnormen nicht wirklich etwas verloren hat, aber Sie müssen mich auch verstehen. Themen müssen knallen, das hat mir bei einem zufälligen Treffen der neue ATV-Programmchef erklärt, der früher bei Beate Uhse TV gearbeitet hat. »Deutschland sucht den Popp-Star«, solche Formate knallen, hat er mir erzählt, wo Kandidaten um die Wette ficken. Und dann soll ich einen knallenden Text über »Abgasnormen« schreiben? CO_2 fickt nicht. »Österreich sucht die geilste Abgasnorm«, mit solchen Sätzen diskreditiert man sich selbst. Herr Schneeweiß, dachte ich, Sie stellen mich vor unlösbare Aufgaben. Ich kann nicht über CO_2 schreiben, ich hatte in der Schule keinen Chemie-Unterricht. Ich hatte auch nicht Physik, ich kann mich nur erinnern, dass wir damals Religion hatten, aber wir nannten es kiffen. Ich bin da ungebildeter als Schrödingers Katze. Trotzdem bemühe ich mich, Herr Schneeweiß.

Ihr Name erinnert mich an eine Reise nach Lappland. Ich flog vor einigen Jahren im Winter nach Kiruna in Nordschweden. Eigentlich hatte ich in die Wärme fliegen wollen, aber ich war mit der Reisebüroangestellten zerstritten, ein alberner Kleinkrieg, und sie hat mich ins ewige Eis gebucht, wo ich mit meiner leichten Strandkleidung untergehen sollte. Ich stand also mit T-Shirt und Bermudashorts im Schnee am Flughafen in Kiruna, überall heulten Wölfe und ich suchte die Dunkelheit nach Taxis ab. Es gab keine, nur Hundeschlitten. Also setzte ich mich bei Minus 40 Grad und einem eisigen Wind auf den Hundeschlitten, der von acht geisteskranken Huskies gezogen wurde. Ein Lappe im

Ganzkörperfell stellte sich ans hintere Ende des Schlittens und lenkte, ich saß vorne direkt hinter den geisteskranken Huskies. Klingt kalt, aber romantisch, ich weiß, aber jetzt kommt eine olfaktorische Note hinzu, es wird leider nicht deflatorisch. Deflatorisch bedeutet »der Flatulenz entgegenwirkend«. Noch niemals in meinem Leben habe ich Lebewesen gesehen, die an derartigen Blähungen litten. Da ich direkt hinter ihnen saß, wurde ich mit Geruchswolken beschossen, die ich meinen Feinden nicht wünsche. Aus den Ärschen der geisteskranken Huskies schoss im Sekundentakt die Mundfäule der Hölle. Herr Schneeweiß: Wo war da eine Abgasnorm? Das war reines CO_2, ich bin sogar versucht zu sagen, das war CO_2. Hat sich irgendein Herr von der EU oder eine Dame vom UN-Umweltamt schon mal um die furzenden Schneeköter Gedanken gemacht? Nehmt den Huskies die Bohnen weg und das Sauerkraut und baut ihnen Katalysatoren ein oder experimentiert mit bleifreien Hunden. Messt die CO_2-Konzentration in Kiruna und wundert euch nicht, wenn die Nadel eures Messgerätes abbricht und zerbirst. Dort in Schweden, das ist Abgasabnorm.

RAF-Romance

Wer sich schon einmal verfahren hat oder vertan oder versprochen, wird wissen, wie es ist, wenn man sich verheiratet. »Entschuldigung, ich hab mich total verheiratet«. Verliebt, verlobt, verheiratet, verschieden. Meine Lieblingsgrabinschrift stammt von einem Grabstein in England und lautet: »I told you I was ill!« Herrlich vorwurfsvoll. Sir Peter Ustinov hat sich ja für seinen Grabstein für folgende Inschrift entschieden: »Verzeihen Sie, dass ich nicht aufstehe.« Sinngemäß zumindest. Ich könnts jetzt vergoogeln oder verwikipedianen, aber wozu? Würde ich Katrin heißen, würde auf meinem Grab stehen: »Katr in 7. 12. 1965, Katr aus …« (Nun folgte mein Sterbedatum, aber das weiß ich ja noch nicht. Ich könnts natürlich auch vergoogeln oder verwikipedianen, aber das machte mir angst und bange.)

Aber egal, ich heiße nicht Katrin und mit »Dirk« gehts nicht. Übrigens hat die Technische Universität Chemnitz herausgefunden, dass der Vorname »Dirk« als nicht intelligent, nicht attraktiv und nicht modern gilt. 150 Teilnehmer dieser Studie wurden nach positiven Assoziationen befragt. Dirk, Olaf, Holger, Silke und Petra bekamen ein vernichtendes Urteil. Kerstin übrigens auch. Wer Kerstin heißt, gilt als doof, hässlich und alt, kann sich also gleich sein eigenes »Kerst aus« meißeln. Wenn Sie Sophie heißen oder Felix, können Sie sich glücklich schätzen. Sie gelten als wunderschön, wahnsinnig klug und hochmodern. Wenn eine Sophie einen Felix heiratet, kann man das unmöglich

»ver-heiraten« nennen. Das ist »richtig heiraten«. Geil und Geil gesellt sich gern. Die Technische Universität in Chemnitz hat zu Paarungsfragen zwar keine Studie erstellt, aber das kann sich der Laie ja wohl denken, dass die Träger von so positiv besetzten Namen prima zueinander passen. Während Silke und Holger, Olaf und Petra und Dirk und Kerstin mit hängenden Köpfen eine Art fröhliche Resignation anstreben müssen. »Mein Mann heißt Olaf, ich hab mich total verheiratet, ich hab aber eh schon einen Scheiß-Namen. Ich heiß Silke.« So traurige Sätze hört man dann von der Braut in den Flitterwochen, die man unter Tage verbringt, weil man sich mit solchen Namen nicht unter Menschen traut. Natürlich könnte Silke nach der Hochzeit auch Olafs Namen annehmen, aber Olaf ist für eine Frau wahrscheinlich noch schlimmer als Silke. Obwohl, eigentlich auch schon egal.

Chemnitz selbst hieß übrigens früher Karl-Marx-Stadt, als es noch ein Land gab, das DDR hieß, auch so ein Name, der nicht unbedingt positive Assoziationen auslöst. Deshalb gibt es heute kaum Kinder, die DDR heißen. Auch RAF ist selten. Ich weiß natürlich nicht, ob Christian Klar und Frau Mohnhaupt ein gemeinsames Kind haben, das vielleicht RAF heißt, aber wahrscheinlich hätte ein Standesbeamter dann schnell noch ein »l« zwischen das »A« und das »F« gestellt. Dann hieße das arme Kind »Ralf« und fände sich mit seinem Vornamen in der Liste der grauenvollen Namen nur kurz hinter »Dirk«. Aber wahrscheinlich haben RAF-Mitglieder keine Kinder, denn eigene Kinder sind in deren Denken so wie jedes Eigentum Diebstahl. Vielleicht sitz ich da aber auch meinen eigenen Klischees auf und Brigitte Mohnhaupt träumt von einer kirchlichen Hochzeit und sammelt Bildbände über Trauungen und Taufkleider. Und verfasste vielleicht schon in ihrer aktiven Terroristinnen-Karriere Eheverträge.

Ehevertrag von Brigitte Mohnhaupt

Ich, Brigitte Mohnhaupt, geboren am 24. Juni 1949, wohnhaft z. Zt. im Untergrund, bestimme im Falle einer Eheschließung mit zum Beispiel Christian Klar oder Andreas Baader, dass es Gütertrennung gibt. Alle kleinen Handfeuerwaffen bleiben in meinem Besitz, sowie jeder zweite Unterschlupf. Große Waffen sowie die Verwertungsrechte am RAF-Logo teile ich mit meinem Partner. Am liebsten wäre mir ein Partner, der Felix heißt, weil ich finde, dass Felix schön klingt. Schön, intelligent und modern. Mein Name Brigitte gefällt mir nicht, ich werde mich nach meiner Eheschließung »Sophie« nennen. Mein erster Mann, Rolf Heißler, kriegt nix.

Untergrund, 1981, gez. Sophie

1982 wurde sie dann festgenommen und konnte nicht mehr heiraten. Aber jetzt ist sie frei. Vielleicht findet sie ihren alten Ehevetrag und jemanden, der sie Sophie nennt. Das ist ihr zu wünschen. Wer liebt, schießt andere Menschen nicht tot. Nicht mal böse.

Putzige Kampfhunde

»Als Christ und Tierfreund halte ich jedem Hund, der mir in die Wange beißt, auch die andere hin. Wer Hunden spielen verbietet, tötet auch Rehe!«

Die freundliche und barmherzige Schwester bei den Barmherzigen Schwestern reinigte vorsichtig meine Wunden.

»Wieso tötet derjenige Rehe?« fragte ich sie, während ich leise weinte, denn es tat sehr weh. Ich hatte große Schmerzen und tiefe Wunden. Das Gebiss von Bambi hatte sich Zahn für Zahn in meinen Kopf »eingebrandet«, wie wir Cowboys sagen, die im Gegensatz zu den Indianern Schmerzen kennen. Bambi war ein Bullterrier, seine Vorfahren waren in der englischen Grafschaft Staffordshire gezüchtet worden. Klein und bullig, knapp 40 Zentimeter hoch und 15 Kilo schwer ist Bambi.

»Sein Kopf ist breit und kurz und hat Rosen- oder Halbstehohren«, erklärte mir die barmherzige Schwester.

»Halbstehohren, das klingt ungeil«, sagte ich und die Ordensschwester tupfte mir stark auf die Wunde, sodass ich aufschrie.

»Wieso töte ich Rehe, wenn ich mich nicht gerne totbeißen lasse?«, wiederholte ich meine Frage.

»Der Hund will Sie nicht töten«, erklärte sie wieder ganz Christin und ganz ruhig. »Bullterrier wurden vor 250 Jahren gezüchtet zur Rattenvernichtung.«

»Aha. Und er hat sich einfach vertan und mich verwechselt? Hab ich was Rättisches an mir?« Dicke Tränen kullerten mir über die Wange. »Vielleicht hat er mich gebissen, weil ich Deutscher bin«, suchte ich nach einer anderen Erklärung. »Er ist sauer, weil er einen Halbsteifen hat und beißt sich an Deutschen den Frust weg!«

Sie mochte es nicht, wenn die Sprache auf Sexualität kam. Kein Wunder, sie war mit der Kirche verheiratet, die bekanntermaßen sehr schlecht im Bett ist. Deshalb fügte sie mir wieder unnötig Schmerzen zu. SM war immer schon eine Sexualpraktik der Unzufriedenen.

»Aus dem Rattenjagen entwickelte sich das »Rattenbeißen«, fuhr sie fort. »Ein blutiger Sport, bei dem der Hund gewann, der in möglichst kurzer Zeit möglichst viele Ratten erledigte. Zu Beginn des 19. Jahrhunderts wurden dann in Staffordshire die Hunde für den Kampf Hund gegen Hund gezüchtet. Sie wurden zu Statussymbolen der Arbeiterklasse.«

Die Nonne kannte sich wirklich hervorragend aus mit Kampfhunden.

»Und weil die Arbeiterbewegung in der Krise ist und wegen der hohen Arbeitslosigkeit und der Weltwirtschaftskrise und Hartz IV in Deutschland beißt mich dieser Hund auf der Donauinsel. Ich verstehe. Na dann, will ich nichts gesagt haben. Für die Arbeiterklasse lass ich mir gern ins Gesicht beißen!«, sagte ich.

»Bullterrier gelten als besonders tapfer«, sagte sie, und nachdem sie die Wunden gesäubert hatte und betäubt, begann sie zu nähen. »Da müssen Sie jetzt auch sein.«

»Gut, aber ich werde Ihnen nicht in den Kopf beißen. Andere zu beißen hat nichts mit Mut zu tun, finde ich. Wenn ich ein Kampfhund wäre, autsch!« Es tat höllisch weh. Wenn sie den Faden mit der Nadel zog, schien es mir, als risse sie meine Wange ab.

»Herrgott noch mal, Sie müssen schon ruhig halten, sonst stech ich Ihnen noch ins Aug'!«, rief sie genervt. »Ich hab schon wirklich oft Menschen genäht, die von Hunden ins Gesicht gebissen worden sind, aber so deppert wie Sie hat noch keiner gezuckt. Haben Sie solche Angst, dass ich Ihnen wehtu? Das hat der Hund wahrscheinlich gemerkt und deshalb hat er Sie gebissen! Sie sind schuld!«

»Oh, Entschuldigung. Dann werde ich mich bei der Hundehalterin sofort entschuldigen. So hab ich das noch gar nicht gesehen. Hoffentlich hat sich der Hund nicht wehgetan, während er mich gebissen hat. Meine größte Sorge ist, dass vielleicht einer seiner süßen Zähne Schaden genommen haben könnte. Was meinen Sie?«

»Ich meine, dass Sie ein Trottel sind«, sagte die barmherzige Schwester und warf ihrem Hund Bambi ein rohes Stück Fleisch auf den Boden. Aber keins von mir.

Slow Message

Ist Ihnen eigentlich schon einmal aufgefallen, dass es immer öfter vorkommt, dass ein SMS erst Tage später ankommt? Sie ein SMS bekommen: »Müssen reden. Bin schwanger!«, Sie fahren sofort hin und es öffnet Ihr zweijähriges Kind? Ich wette, das haben Sie auch schon einmal erlebt. Ich kenne inzwischen niemanden mehr, der nicht jetzt noch Nachrichten erhält: »Guten Rutsch ins neue Millennium!« Wann kommt die Nachricht: »Komme etwas später, dein SMS«? Mein Handy kann inzwischen Bomben fernzünden und Weisheitszähne ziehen, aber für kurze Nachrichten benutze ich längst schon wieder Postkarten. Oder ich schreibe die Nachricht in mein Handy, drücke aber nicht auf »senden«, sondern verschicke das ganze Handy mit der Post. Machen Sie das auch und retten Sie die Post. Ich weiß natürlich, dass es auch Briefe gibt, die im Ersten Weltkrieg abgeschickt worden sind und jetzt erst auftauchen. Aber überlegen Sie mal, warum solche Fälle immer in der Zeitung stehen? Weil sie die Ausnahmen zur Regel sind. Die Post ist klasse. Ägypten gilt als die Wiege des Postwesens. »Liebe Meritetes, mir gehts gut, wie geht es dir? Die Sphinx ist fast fertig, aber die Nase fällt uns immer wieder ab, dein Pharao Cheops. P.S. Ich hab die Karte selbst eingeworfen, weil ich mal sehen wollte, ob ich den Schlitz vom Briefkasten treffe.« So sahen Postkarten im alten Ägypten aus. Auch schon mit der leider noch unfertigen Sphinx von Gizeh als Motiv. Die Post wurde damals von Fußboten transportiert. Ist das bei meinen Short Messages vielleicht auch so? Ich habe keine Ahnung, wie das mit den Handystrahlen und den Handymasten funktioniert. Ich bin mir auch gar nicht mehr so sicher, dass es überhaupt funktioniert. Ich arbeite ja schon seit der Gründung der Zweiten Republik beim Radio. Und immer gab es Sendungen mit Anrufern. Die hießen »Sprich mit dem Radioapparat«, »Heben Sie ab, und sprechen Sie in den unteren Teil Ihres Hörers« oder »Talk Radio«. Früher, als grundsätzlich alles besser war (siehe die Pest, die Cholera oder der Hundertjährige Krieg) und es noch keine Handys gab, da klangen die Anrufer beim Radio besser als die Moderatoren, die ja anfänglich noch vor selbst gebauten Mikrofonen aus sowjetischen Beständen saßen. Die Anrufer aber: glasklar, wunderbare Stimmen ohne jedes Störgeräusch. Festnetz – ein fest für die Ohren. Vergleichen Sie das jetzt bitte mal mit der Leitungsqualität heutzutage: ein verzerrtes, dumpfes Geplärre aus einem riesigen Funkloch, dazu noch Autolärm, weil Anrufer beim Radio grundsätzlich aus Autos anrufen. Falls Sie mir nicht folgen können: Ich glaube nicht, dass man mit Hand-Knochen telefonieren sollte. Fotos machen, okay. Musik downloaden, meinetwegen, das Handyspiel »Bagdad« spielen und innerhalb einer Minute so viele Selbstmordattentate wie möglich begehen, ich habe nichts dagegen. Auch wenn bei »Bagdad« alle Spiele 1:1 ausgehen. Vor allem aber: Versenden Sie nichts mit Ihrem Mobiltelefon. Seien Sie nicht so naiv und schicken aus dem Urlaub Nachrichten an Ihre Liebsten, Sie werden wahrscheinlich tot sein, bevor sie Ihre Urlaubsgrüße erhalten. Anders sieht es, meistens, bei der Post aus.

Die erste regelmäßige Postverbindung in Europa wurde 1490 von Franz von Taxis zwischen dem Hof Maximilians I. in Innsbruck und dem seines Sohnes Philipp in Brüssel eingerichtet. Wichtige Briefe wie »Lieber Philipp, bei Ohrenweh empfehle ich, halbierte Zwiebeln auf die Ohren zu legen. Ich war heute Skifahren, aber in der depperten Rüstung machts kaum Spaß. Halt die Ohren steif! Papa.« Als Philipp dann 1504 spanischer König wurde (»Lieber Philipp, spitze. Ich gratuliere. Dein stolzer Papa. P.S. Aber feier nicht zu viel oder spritz wenigstens den Wein, gell?«) verlängerte Franz von Taxis seine Postlinie bis nach Madrid und bald schon standen in ganz Europa Briefkästen und Taxis. Ein Brief von Frankfurt nach Köln brauchte 1520 einen Tag. 1520! Ich war im vergangenen Jahr auf der Frankfurter Buchmesse und schrieb ein SMS an den Hausmeister des Kölner Doms, mit dem ich früher manchmal kiffen war. Er hat das SMS bis heute nicht erhalten.

Trotz Wirtschaftskrise wird oft an der falschen Stelle gespart

Ja, es stimmt. Im 1-Euro-Shop kann man zwar Socken einzeln kaufen, aber ein Fuß bleibt so immer nackt, man erkältet sich und stirbt an einem furchtbaren Bronchialhusten mit eitrigem Auswurf. Ja, es ist billiger, wenn man nur einen Lungenflügel röntgen lässt, aber wenn man dann vermeintlich gesund nach Hause geschickt wird, stirbt man häufig bereits in der Straßenbahn an unzähligen bösartigen Tumoren, Emphisemen und Embolien im ungeröntgten Flügel. Sagen Sie mal laut: ungeröntgten. Sehr hässliches Wort. »Geröncht« sagen manche Leute, um die Schwierigkeit zu vermeiden, die das Wort »geröntgt« der Aussprache bereitet. Aber weil Herr Röntgen das Röntgen erfunden hat, wählte man die billigste Variante bei der Namensgebung und so mühen wir uns heute mit dem Scheißwort »geröntgt«. Sagen Sie das auch mal laut. Geröntgt. »Ich habe ein Röntgenbild anfertigen lassen« ist zwar umständlich, aber einfacher. Viele Menschen gehen nie zum Radiologen, weil sie Angst davor haben, beim Wort »röntgen« zu stolpern. Die sterben dann blitzschnell an nicht entdeckten Geschwüren und Knochenbrüchen. Ein Herr Parkinson zum Beispiel hat Parkinson erfunden. Der hat gesagt: »Dieses Zittern heißt ab jetzt wie ich.« Umgekehrt wär es besser gewesen. Wenn Parkinson das Röntgen erfunden hätte, würden wir heute sagen: »Ich wurde geparkinsont.« Bei Parkinson gibt es ja kein dazugehöriges Verb, hätte Röntgen also Parkinson nach sich genannt, müsste man nie eine Zeitform verwenden, dann hätte man einfach Röntgen, das man auf keinem Parkinson sieht.

Sehr billig sind zurzeit Fernseher, die man nicht einschalten kann. Schnäppchenpreise von unter 20 Euro sind da drin. Sie werden auf der Straße von Langzeitarbeitslosen verkauft, die sich als Chinesen verkleiden. Natürlich ist das ein günstiger Preis, aber das Programm ist monoton. Interessanter sind Fernsehgeräte, die man einschalten kann, weil zum Beispiel im ZDF immer jemand von der CDU bestimmen will, was als Nächstes gezeigt wird. Das sorgt dann für ein abwechslungsreiches Programm.

Viele meiner Bekannten, die aus der Alleinerzieherbranche kommen, haben wenig Geld und ziehen sich deshalb Weisheitszähne selber. Alleinerzieher sind oft Alleinzieher. Aber das ist natürlich schmerzhaft und kurz gedacht. Die Krankenkasse würde eine Behandlung bei einem richtigen Arzt ja bezahlen. »Aber ich spare eben, wo ich kann«, sagen mir diese Bekannten. Das verstehe ich nicht. Da spare ich doch lieber beim Essen für die Kinder. Kinder müssen ja nicht zwangsläufig immer satt werden.

Ich saß mit unzähligen bösartigen Tumoren, Emphisemen und Embolien in meinen ungeröntgten Lungenflügeln in der Straßenbahn und stopfte meiner Bekannten Wattemassen in den blutenden Kiefer, während ihre Kinder sich inzwischen allein erziehen mussten, weil die Mutter mit ihrem Wundschmerz beschäftigt war. Sie zitterte vor Schmerz oder Parkinson. Um mich abzulenken, sah ich aus dem Fenster in den 7. Wiener Gemeindebezirk. Mein Blick fiel auf das Schaufenster eines Friseurs und ich entdeckte die vielleicht schlechteste Werbung, seit es Werbung gibt. Bislang hatte ich immer gedacht, in Prag wäre der Champ aller Knieschusswerber. Dort stand ich minutenlang stumm vor dem Plakat eines Pizza-Services. Abgebildet war eine leicht verkohlte Pizza, deren Belag aussah wie frisch Erbrochenes, aber der Name des Pizza-Services war es, der mich faszinierte. Ich weiß schon, dass man in Prag in der Schule eher Russisch als Englisch gelernt hat, aber trotzdem: »Pizza go home«. Die Pizza wird nach Hause gebracht, wollte man wohl sagen. Vielleicht aber hasst der Pizzamann seinen Job und steht mit ausgestrecktem Mittelfinger vor seinem Ofen, spuckt angewidert aus und wird durch seinen eitrigen Auswurf daran erinnert, bald an einem furchtbaren Bronchialhusten zu verenden.

Prag ist nur noch Platz zwei auf meiner Liste der unglücklichen Werbungen. Der erste Platz geht an den Friseur im 7. Bezirk. In dessen Schaufenster liegt ein Totenschädel mit einer blonden Perücke auf dem Kopf und darüber steht:

»Eternal Beauty«

Wer von dieser Werbung angelockt wird, hat mit dem Leben abgeschlossen.

STOP

Zuggespräche in Georgien, Teil 3

Der Deutsche in meinem Abteil hatte einen ADAC-Reiseatlas auf dem Schoß, der Österreicher eine Leberkässemmel im Zeitungspapier. Der Abend schien auf die Nacht zu warten, um endlich verschwinden zu können. Den ganzen Tag ging es so. Schon seit der Früh hatte ich das Gefühl, dass der Tag sich selber als sinnlos empfand. Ich war einmal auf einem Silvesterball der Lebensmüden, die Psychotherapeutische Gesellschaft in Wien veranstaltet diesen Ball seit 1929. Wer seinen Selbstmordversuch überlebt hat, wird eingeladen. Es ist ein sehr tristes Fest, weil alle zerknirscht wirken. So ein Gefühl vermittelt in Georgien jeder Tag. Der Österreicher biss ins Zeitungspapier. Es roch nach süßem Senf und Druckerschwärze. Ich stellte mich tot und schrieb mit geschlossenen Augen wieder mit.

24. 10. 2009/19.22 Uhr/Ruchi

D: Das ist ja unglaublich. Ruchi, genauso stands im Reiseführer. Die Stadt ist die steilste Stadt der Welt. Fast 200 Prozent Gefälle, die ganze Stadt ist mit Pflöcken am Berg festgetackert worden, weil sonst alles hinunterfiele.

Ö: Ich weiß, auch die Menschen, sie werden bei ihrer Geburt angebunden und erst wenn sie tot sind, werden sie losgebunden und dann fallen sie sofort den steilen Berg hinunter ins Tal. Das Tal ist übersät mit losgebundenen Ruchinern.

D: Das ist ja kein sehr einladender Ort für Menschen.

Ö: Wieso, wegen der aktiven Vulkane? Ja, natürlich ist es unangenehm, wenn Tag und Nacht brennend heiße Lava durch die Wohnung schießt, aber man gewöhnt sich an alles. Das heiße und dampfende Magma zerstört natürlich auch die Seile, mit denen die Ruchiner an den Pflöcken festgebunden sind.

D: Das heißt, man fällt hinunter ins Tal?

Ö: Ja, das Tal ist übersät mit Ruchinern. Der Vulkan war nur einmal in den letzten 500 Jahren für zwei Minuten ruhig. Sonst schießen riesige heiße Steinmassen aus den unzähligen Kratern. Ein geregeltes Leben ist kaum möglich. Ständig bersten Schaufenster, weils unerträglich heiß ist. Die Durchschnittstemperatur beträgt 320 Grad.

D: Wie viele Einwohner hat denn Ruchi?

Ö: Eine knappe Million, aber täglich werdens weniger. Vor zwei Jahren hatte Ruchi noch 15 Millionen Einwohner. Alle ins Tal gefallen.

R: Trotzdem ist Ruchi sehr beliebt, weils billiges Bauland gibt und Förderungen vom Land. Wie in Niederösterreich.

D: Da möchte ich ja auch nie leben.

24. 10. 2009/22.40 Uhr/Leutechi

D: Das ist ja interessant. Leutechi, die Heimat der singenden Karpfen.

Ö: So ein Blödsinn, Leutechi ist die Heimat der lächelnden Hechte. Die singenden Karpfen gibts in Goldi.

D: Lächelnde Hechte gibt es nicht, das ist ein Märchen, Sie Klugscheißer. Das Märchen vom lächelnden Hecht, wo ein Hecht Nachrichtensprecher wird beim Fernsehen, weil er so lieb lächeln kann. Das ist ein Märchen aus dem Mittelalter.

Ö: Mittelalter. Wahrscheinlich. Weils im Mittelater schon Fernseher gab, so ein Quatsch.

D: In Leutechi gibts schon Fernseher seit dem zwölften Jahrhundert. Ein Schäfer hat den ersten Fernseher gebaut. Aus Holz, Moos und Schafdung. War ein Scheißprogramm, aber trotzdem.

Ö: Was lief denn auf Leutechi-TV?

D: Eigentlich hat man nur kackende Schafe gesehen, die ersten 600 Jahre sogar ausschließlich. Aber dann lief eine Soap mit einem singenden Karpfen und das ist bis heute ein Riesen-Quotenhit.

R: Ja, der singende Karpfen singt immer die Eurovisions-Melodie. Dadadada. Ich hab auch einen Karpfen. Der kann »Die vier Jahreszeiten« von Vivaldi pfeifen.

Ö: Und mich hat mal ein Hecht ausgelacht.

D: Das glaub ich jetzt sogar.

24. 10. 2009/23.55 Uhr/Tetnuldi

D: Sehen Sie einen Fluss oder Bach, einen See oder wenigstens irgendeine Lacke?

Ö: Nein, ich seh nichts. Ist aber auch sehr dunkel. Wieso?

D: Weils merkwürdig ist. Tetnuldi hat den größten Hafen Georgiens und ist das Zentrum des Fischfangs, aber es gibt nirgendwo Wasser.

Ö: Ja, der Hafen liegt auf einem großen Feld mitten in einem Waldstück am Rande der Stadt. Das Meer ist 2000 Kilometer entfernt.

D: Und jeder zweite Tetnulde ist Fischer. Aber wie können sie vom Fischfang leben, wenn der nächste Fluss 500 Kilometer entfernt ist und der nächste See fast 1000 Kilometer?

Ö: Für die Fische ist das ja wohl noch unangenehmer, so ganz ohne Wasser. Die Fische leben hier im Wald, im

Dickicht. Sie leben von weggeworfenen Getränkeflaschen, von den Limonaderesten. Die Fischer greifen einfach ins Dickicht und schon haben sie einen Fisch gefangen.

D: Ach.

Ö: Ja. So fangen sie in Tetnuldi die Fische. Pro Fischer tausend Fische pro Tag. Im Dickicht wimmelts nur so vor Fischen.

R: Die Fische in Tetnuldi schmecken alle nach Zitronenlimonade. Sehr süß. Zum Fisch servieren sie in Tetnuldi als Getränk Fischfond. Schmeckt aber auch nach Limonade. Aber die Limonade in Tetnuldi, die schmeckt fischig. Wie alter, stinkender Fischkadaver. Als Beilage gibts Pommes aus Fischmehl.

D: Oh. Naja. Andere Länder, andere Fritten.

24. 10. 2009/2.45 Uhr/Uschguli

D: Da tanzen zwei. Uschguli ist ja das Zentrum des georgischen Volkstanzes. Das ist hübsch. Die Folkloretracht, sehr schön. Aus echtem Schlamm und blutigen Federn.

Ö: Na ja, hübsch. Die Hahnenkämme im Haar der Männer, ist das hübsch? Und die vielen Kaulquappen im Haar der Damen, ich weiß nicht. Mir gefällt der Tanzstil auch nicht wirklich.

D: Sie stampfen halt. Stampf, stampf, spuck. So geht der Volkstanz. Zweimal stampfen, dann ausspucken und zwar dem Gegenüber ins Gesicht. Stampf, stampf, spuck. Dann drehen und wieder stampf, stampf, spuck. Und schlag, schlag, spuck. Ohrfeige links, Ohrfeige rechts und wieder ins Gesicht gespuckt.

Ö: Sehr monoton. Wie lang dauert denn so ein Tänzchen?

D: Bis zu 48 Stunden. Man hört erst auf, wenn einer der beiden ohnmächtig wird oder wenn die Kaulquappen zu Fröschen werden, weil das Quaken die Tänzer aus dem Rhythmus bringen würde.

Ö: Klar. Wie heißt der Tanz?

D: Fuchstrott. Weil am Ende ein Fuchs dem Sieger ins Bein beißt. Solche Narben werden dann stolz jedem gezeigt.

Ö: Das heißt, die beiden tanzen nicht miteinander, sondern gegeneinander?

D: Ja, natürlich.

R: Ich habe in Uschguli mal einen Fuchs ins Bein gebissen. Hat der Fuchs dann auch stolz jedem gezeigt. Ist eine Ehre, wenn ich jemandem ins Bein beiße. Möchten Sie auch mal?

D: Nein, aber vielen Dank fürs Angebot.

Der Russe zuckte mit den Schultern und zog sich seinen Papachi aus Schaffell tief ins Gesicht. Endlich war es still im Abteil. Nachts bei großer Dunkelheit ist Georgien am schönsten.

Der Tchopendoz

Der »Spiegel« hat online die 20 peinlichsten Witze der Deutschen wählen lassen. Und peinlicherweise habe ich bei dem von den Deutschen zum peinlichsten Witz der Deutschen gewählten Witz lachen müssen, weil ich entweder a) Deutscher bin oder b) peinlich bin oder, die wahrscheinlichste Variante, c) ein peinlicher Deutscher bin. Hier ist der Witz: Ein Mann sagt zum Fleischhauer: »Ich hätt gern Leberwurst. Von der Groben, Fetten.« Der Fleischhauer antwortet: »Tut mir leid. Die hat heut Berufsschule.« Dieser Witz funktioniert natürlich auch mit grobem, fettem Grammelschmalz und dem sich in der Berufsschule befindenden männlichen Metzgerlehrling. Oh, mein Gott. Ich fass es nicht. Ein Riesenfehler, diesen Text mit so einem peinlichen Witz zu beginnen. Noch dazu führt mich dieser dämliche Witz so weit weg von meinem eigentlichen Thema, dass ich nicht weiß, ob ich jemals wieder zurückfinden kann. Mein Thema lautet nämlich: »Wen, außer Österreicher, interessiert ernsthaft der Ausgang eines Skirennens?« Bei so einem Thema mit einem Kalauer zu beginnen, der in der fleischverarbeitenden Industrie spielt, das ist mehr als unglücklich. Was haben grobe Metzgerinnen mit Wintersportlern zu tun? Skifahrer sind Maurer, aber keine Metzger. So etwas darf einem Profi wie mir eigentlich nicht passieren, gleichsam schon vor dem ersten Tor einzufädeln. Womit ich einen herrlichen Übergang zu meinem Thema gefunden habe: Wen, außer Österreicher, interessiert ernsthaft der Ausgang eines Skirennens? Abfahrtsläufe und Riesenslaloms werden immer mehr zu einer Art Österreichischem Buzkashi. Grämen Sie sich nicht, wenn Ihnen »Buzkashi« nichts sagt. Den Afghanen, bei denen Buzkashi der absolute Nationalsport ist, gehts mit Riesentorlauf und Kombiwettbewerb nicht anders. Schon zu Dschingis Khans Zeiten spielten die Afghanen dieses Reiterspiel, das eine Mischung aus Polo und Rugby ist. Wörtlich übersetzt hat es den lieblichen Namen »Ziege zerren« und darum gehts beim Buzkashi im Grunde auch. Zwei Mannschaften streiten auf ihren Pferden um einen Tierkadaver, meistens eine Ziege, manchmal auch ein totes Kalb. Gewonnen hat, wer die tote Ziege an sich reißt und in einer Markierung in der Spielfeldmitte ablegt. Das Spiel wird von 20 und mehr Spielern gespielt, wobei bereits Spiele mit mehr als 1000 Teilnehmern stattgefunden haben. Gespielt wird jeder gegen jeden, was das Spiel sehr unberechenbar macht, und erlaubt ist alles, um an die Ziege zu kommen. Dschingis Khan ließ seine Männer übrigens statt mit Ziegen lieber mit Gefangenen spielen. Ein wildes Bergvolk eben, darin dem Tiroler oder Kärntner nicht ganz unähnlich. Im Buzkashi müssen die Afghanen keine Konkurrenz fürchten, tatsächlich spielts auch kaum jemand. Es gibt keine Beach-Buzkashi-Events am Wörthersee oder in Rio de Janeiro, es ist nicht die klassische Trendsportart und man muss kein Trendforscher sein, um vorhersagen zu können, dass Buzkashi nicht so schnell eine werden wird. Es ist auch einfach nicht sehr p.c., Ziegen oder Kälber zu zerreißen. Jetzt muss ich aber langsam aufpassen, nicht erneut mein Thema zu verlieren. Zerrissene Tiere, da bin ich schon fast wieder im Metzgermilieu. Wahrscheinlich will ich nicht über Skifahren schreiben, weils mir so egal ist. Am besten an Skirennen ist eine alte Postkarte, die in meinem Zimmer hängt: »5 Österreicher unter den besten 4!« Eine Postkarte, die Hias Schaschko gemacht hat, der beste Postkarten- und Covermacher Münchens. Hias ist ein Bär von einem Mann, kommt eigentlich aus Salzburg und ist nach München gezogen, als es noch nicht peinlich war. In den 70er-Jahren nämlich, als meine Großmutter mir aus einem Urlaub in Bayern eine Autogrammkarte von Ingemar Stenmark mitbrachte. »Keine Ahnung, wer das ist, aber irgendwie ist der bekannt«, hat sie damals gesagt. Meine Oma hat sich schon vor 30 Jahren nicht fürs Skifahren interessiert. Sie hätte mir genauso gut eine Autogrammkarte von Achmed schenken können, dem »Tchopendoz« von 1975, so nennt man beim Buzkashi die Champions. Es hätte bei ihr und mir die gleichen Emotionen ausgelöst. Nämlich keine. Wahrscheinlich weil Deutsche nicht Skifahren können. Deutsche können nur gut am Lift anstehen, schon Schleppliftfahren übersteigt die normalen Fähigkeiten eines Deutschen. Salzburgern oder Vorarlbergern würde es genauso gehen, wären sie unterm Meeresspiegel aufgewachsen. In Hannover haben Skiübertragungen eine Minusreichweite und einen Marktanteil zwischen 0 und 0,0. Und das ist noch gut, verglichen mit Kopenhagen, Leeds oder Lissabon. Im oben bereits erwähnten Rio de Janeiro hat noch nie jemand ein Skirennen gesehen und noch nie hat sich jemand darüber beschwert. In Rio weiß man nichts vom Einfädeln, vom Tal-Ski und von pfeifenden Komantschen. Schenk einem Mädchen am Strand von Rio eine Autogrammkarte von Hermann Maier und sie wird schauen wie meine Oma in den 70er-Jahren, als ihr jemand »Ingemar Stenmark« auf die Karte schrieb. Mit einem zerrissenen Kalb vom letzten Buzkashi könnte man bei der Strandschönheit wahrscheinlich auch nicht landen. Hat Iglo eigentlich auch gefrorene Ziegen und Kälber im Angebot? Und im afghanischen Fernsehen laufen Spots mit dem Buzkashi-Team? »Zerreiß was Gscheits!« Wahrscheinlich nicht. Nach all den Jahren des Krieges gibts in Afghanistan wahrscheinlich kaum Tiefkühltruhen. Wenn man dort Fleisch will, muss man zum Metzger. Da kann man dann den peinlichen, deutschen Witz anbringen. Vorausgesetzt, die haben dort Berufsschulen.

Solidarität

»Hilfe, bitte helfen Sie mir! In meinem Haus brennts!« Aufgelöst und mit zerzausten Haaren stand die Nachbarin eines Freundes vor dessen Tür, mit schreckgeweiteten Augen und roch nach Rauch.

Mein Freund stand da, auch mit zerzausten Haaren und sagte: »Ja, blöd. Und was soll ich da tun? Wenns brennt, dann brennts. Da kann man nichts mehr machen.« Sagte er und wollte die Türe wieder schließen.

»Natürlich kann man was tun«, sagte die Nachbarin. »Man kann das Feuer löschen!«

»Nein, nein«, antwortete mein weiser Freund. »Das wäre keine Lösung.«

»Doch«, sagte die Nachbarin und zwar nicht ganz zu Unrecht. Meinem Freund fiel nichts mehr ein, obwohl er Kolumnen schreibt und ein Wortmann ist. »Löschen ist bei einem Feuer die Lösung. Würden Sie bitte helfen, den Brand zu löschen. Ich habe Kübel und Wasser.«

Was die von den Flammen erhitzte Frau nicht wissen konnte, war die Deadline der Kolumne, die bereits überschritten war. Die Chefin vom Dienst wartete mit vor Wut roten Wangen, rot wie die Wangen der Nachbarin, woran man erkennen kann, dass Wut sehr ähnlich ausbricht wie eine Feuersbrunst. So dass es nicht verkehrt ist, von »Wutbrunst« zu sprechen, wenn man so ärgerlich gerötete Wangen hat wie die Chefin vom Dienst, die noch immer auf die Kolumne meines Freundes wartete.

»Und das soll ich dann auf das Feuer schütten?« Mein Bekannter fuhr sich durchs zerzauste Haar, das kein Unglück zerzaust hatte, sondern nur der Umstand, ohne die Spur eines Gedankens vor dem Computer zu sitzen und halbstündlich einen Anruf der Chefin vom Dienst zu ignorieren. Vielleicht ist Ihnen aufgefallen, dass ich nicht das Wort »Freund« verwendet habe, sondern das größere Distanz ausdrückende Wort »Bekannter«. Das ist bewusst geschehen, weil ich damit zeigen will, dass ich mich von ihm distanziere, was seinen Umgang mit verbrennenden Nachbarn betrifft. Wenn Nachbarn Feuer fangen, sollte man nicht blöd herumreden, sondern mit Decken auf sie springen und so die Flammen zum Erlöschen bringen. »Ich weiß nicht, löschen ist nicht mein Ding. Ich würds nur noch schlimmer machen«, sagte mein entfernt Bekannter. »Wie sollten Sie es denn noch schlimmer machen? Mein Haus ist dabei abzubrennen. Egal wohin sie Wasser schütten würden, es könnte nur hilfreich sein.«

»Nein, nein. Ich hab da keine Ausbildung. So etwas sollte man Profis machen lassen.«

»Wasser auf Flammen zu schütten, das kann doch wohl jeder!« Die Nachbarin mit den angesengten Augenbrauen schüttelte fassungslos ihren Kopf. Einen derartig dämlichen Nachbarn, das hatte die Welt noch nicht gesehen. So was von unterlassener Hemdsärmeligkeit. Tatsächlich fiel ihm aber genau jetzt ein erster Satz für die Kolumne ein.

»Was haben Sie gesagt, als ich Ihnen geöffnet habe? Irgendwas mit Hilfe«, sagte er.

»Ich sagte: Bitte helfen Sie mir«, antwortete die Nachbarin. Dann schrie sie: »Vorsicht!« Teile des Dachgebälks krachten donnernd auf die Straße.

»Hilfe, bitte helfen Sie mir! In meinem Haus brennts! Das haben Sie gesagt. Stimmts? Genau so haben Sie es gesagt!« Freudestrahlend gab der mir unbekannte Kolumnist seiner Nachbarin einen Kuss und warf seine Haustür zu. Er setzte sich vor den Computer und schrieb: »Hilfe, bitte helfen Sie mir! In meinem Haus brennts!« Er öffnete das Fenster und sah seine Nachbarin alleine Wasser aus einem Kübel auf die Flammen schütten. »Danke, Sie haben mir sehr geholfen«, rief er ihr zu. Im roten Licht des Feuers sah sie zu ihm herüber. »Ich muss eine Kolumne schreiben. Über Solidarität. Mir ist nichts eingefallen, aber jetzt schreib ich darüber, wie es bei Ihnen brennt und wie wichtig es gewesen wäre, dass Ihnen jemand hilft. Vielen Dank für die Anregung!«

»Gern geschehen«, sagte die Nachbarin neben den Trümmern ihres Lebens, »wenn man helfen kann!«

Geistes- und Gespensterwissenschaften

Ich war in der Uni, wurde dort aber Medizinstudenten vorgeführt und ich weiß selber, das war kein Studium im klassischen Sinn.

Und als ich einmal nachts in den Hörsaal wollte und die Türen abgesperrt waren, habe ich fälschlicherweise von einem »abgeschlossenen Studium« gesprochen. Ich entschuldige mich für den Eindruck, den ich vermittelt habe, ich sei ein studierter Kolumnist. Aber: Ich komme gern eine Viertelstunde zu spät, auch ohne akademischen Hintergrund. Ist das vielleicht nichts? Ich war bereits Taxifahrer, bevor ich Student war und habe mir so viele Semester erspart. Zwei Jahre lang bin ich Taxi gefahren, aber das ging zu sehr ins Geld, jede Nacht Taxifahren. Wieso habe ich nicht studiert? In Deutschland gibt es einen Numerus Clausus. Wer den nicht erfüllt, darf nicht mit dem Studium beginnen, sondern muss warten. Mit meinem Maturaschnitt hätte ich erst im 23. Jahrhundert mit dem Studium beginnen dürfen. Deshalb zog ich schon vor dem Mauerfall nach Österreich, aber hier wurde mir zu Recht die geistige Reife abgesprochen, als ich den Medizinstudenten vorgeführt wurde. Man untersuchte damals meine Kleinrinde und die Großrinde, die eine war zu groß, die andere zu klein, nichts passte im Gehirn zusammen und ich wurde aus der Universität gejagt. »Was soll ich denn machen mit so einem Gehirn?«, wimmerte ich. »Geh zum ORF, du Hirni!«, riefen die Studenten mir boshaft zu und lachten hämisch. Weil sie damals schon wussten, dass der ORF 20 Jahre später in eine existenzielle Krise kommen würde. Ich ging also zum Radio, wo ich all die anderen traf, die aus der Uni gejagt worden waren. Mit denen gründete ich FM4, das man vor der Rechtschreibreform »PHM4« schrieb. Wir waren dumm, aber glücklich. Manchmal mussten wir Studenten interviewen, dann ließen wir uns demütigen und klatschten bei jedem klugen Satz, der aus dem studierten Mund kam. Wir anerkannten die Überlegenheit des Geistes. »Geist ist geil!«, schrieb ich damals schon auf alle Klowände der Stadt. Wenn Studenten streikten, brachte ich ihnen unaufgefordert Semmeln und Sushi ins Audimax. Sie lachten mich aus, aßen aber dennoch alles auf. »Hirni, noch etwas Sashimi, zack, zack«, brüllten mich Erstsemestrige an, und ich lief los zum nächsten Japaner, als ihr dummer Diener. Erinnern Sie sich an die Studentenunruhen im Herbst 2009? Da belieferte ich das ganze Wiener Audimax mehrmals täglich mit edelsten Weinen und erlesensten Würsten und würzigstem Käse aus meinem Landhaus in der Provence. Noch immer war ich dumm und ungebildet, aber durch die Arbeit beim ORF und beim »Wiener« hatte ich inzwischen mehr Geld in der Tasche als alle österreichischen Unis zusammen. Darum war es für mich ein Leichtes, die Protestierenden zu unterstützen. »Hirni, noch eine Flasche von dem Roten!«, skandierten sie und ich sorgte wieselflink für Nachschub. Die Medizinstudenten, die mich damals untersucht hatten, waren inzwischen Professoren und durchs Impfen auch zu viel Geld gekommen. An der Wand im Hauptgebäude der Universität sah ich einen Aushang: »Geistes- und Gespensterwissenschaften für Doofe«. Ein Schnellstudium. Innerhalb von zwei Monaten konnte man den Abschluss machen. Ich war sofort Feuer und Flamme. Mein Kindheitstraum, als Erster im Ruhrgebiet ein Studierter zu sein, war zum Greifen nah. Leider war das Audimax besetzt, wo das Seminar stattfinden sollte. Aus Protest gegen die Studentenproteste besetzte ich das Klo neben dem Audimax. Den Studenten platzten reihenweise die Blasen, aber ich blieb stur. »Klo, Klo, Klo Chi Minh!«, rief ich und ignorierte die jammernden Studenten. Ich war jetzt einer von ihnen. Stolzer Student der Geistes- und Gespensterwissenschaften. Ich war Akademiker, auch wenn mein Studium auf dem Klo unter aller Sau war. Aber das war das Studium der anderen Studenten auch. Ich saß alleine auf der Toilette, ohne Professor, Bücher und Prüfungen. Ich ernährte mich von meinen Wurst- und Käsevorräten und nach zwei Monaten öffnete ich die Klotür und erhielt meinen Bachelor. Ich bin jetzt ein Studierter. Beim ORF muss ich leider aufhören, weil ich überqualifiziert bin und der »Wiener« will mich auch rauswerfen. Aber 60 160 hat sich schon bei mir gemeldet. Und 40 100. Wenn Sie nicht auf ein »Inländertaxi« bestehen, könnten wir uns bald kennenlernen.

Wort des Jahres

Hottentottentittenattentat. Hm. Die Köpfe rauchten in der Findungskommission zum Wort des Jahres 2006. Hottentottentittenattentat. Hm. Irgendwie, dachte sich Rüdiger Safran-Ski vom Germanistischen Institut Duisburg-Ruhrort, irgendwie, ich weiß nicht. Hottentottentittenattentat, war das überhaupt relevant? Er war völlig verunsichert. Rüdiger Safran-Ski war, das wusste er selber, der mit großem Abstand Unbelesenste hier in der Kommission, die anderen, von den großen Universitäten, den großen Verlagen, alle hatten bereits in allen Feuilletons aller großen und wichtigen Zeitungen geschrieben, aber Rüdiger Safran-Ski? Er schrieb das Vorlesungsverzeichnis der Uni Ruhrort und er schrieb an die Tafel im Foyer, wenn Seminare ausfielen, Sätze wie: Seminar fällt aus. Kann man eigentlich nicht wirklich »Veröffentlichung« nennen, so einen Satz an der Tafel. Die Ruhrorter Uni befand sich in der oberen Hälfte eines Reihenhauses in Duisburg Ruhrort. Es gab zwei kleine Seminarräume und ein WC, insgesamt hatte die Uni 42 Quadratmeter. Hottentottentittenattentat. Ringsum wurden Meinungen geäußert. Prof. Prof. Schmidt-Dengler von der berühmten Wiener Universität äußerte sich skeptisch zu Hottentottentittenattentat. Ob des fehlenden semantischen Wertes fürs Jahr 2006. Die Brüder Fingerhut, wie immer einer Meinung, sprachen über Klangfarbe und Dreidimensionalität des Wortes Hottentottentittenattentat, waren aber strikt gegen die Wahl zum Wort des Jahres. Mommsen aus

Berlin bestritt die Rolle des Wortes Hottentottentittenattentat für die Sozietät im zu bewertenden Zeitabschnitt, Rademacher, Löffler und Karasek winkten nur lässig ab, scheinbar nicht einmal willens, das Wort überhaupt einer näheren Betrachtung und Bewertung zu unterziehen. Nur noch drei Kollegen vor ihm, dann war er dran. Rüdiger Safran-Ski. 38 Jahre alt, gelernter Damenschneider, Abendschule, Abitur und sicherheitshalber auch zusätzlich die österreichische Matura gemacht, studiert unter Nachkriegsbedingungen, innerhalb von zwei Jahren promoviert, sein Fachgebiet: Groß- und Kleinschreibung, hier vor allem die Kleinschreibung. In reinen Hauptsätzen mit bis zu drei Worten. Oder Wörtern. Er wusste bis heute den Unterschied nicht, traute sich aber nicht zu fragen. Und hier und heute schon gar nicht. Wie peinlich das wohl wäre. Herr Grass, wenn man zweimal Hottentottentittenattentat sagt, sind das dann zwei Worte oder zwei Wörter?

Nein. Rüdiger Safran-Ski sagte auch »Gänsefüßchen oben und Gänsefüßchen unten«. Das hatte er in der Damenschneiderschule so gelernt und was im Kopf einmal drin war, war nun mal drin. Jetzt kam Müller-Langenscheidt an die Reihe. »Hottentottentittenattentat, ist das Ihr Ernst? Welch verlorene Diskussion. Ich möchte das Wort Unterschicht behandelt wissen oder das Wort Begeisterung, Sommermärchen, oder Klinsmann. Klinsmann als Substantiv, oder adjektivistisch benutzt, klinsmannisch, manisch, meine Damen und Herren!«

Oh, so reden wie Müller-Langenscheidt. Oder Hilde von der Tann aus Hamburg, mit dieser klaren Sprache, dieser Präsenz. »Ich möchte diese alberne Diskussion beenden. Hottentottentittenattentat spielt eine glücklicherweise untergeordnete Rolle in Sprache und Bewusstsein. Fahren wir fort, wenn wir klaren Geistes sind.« Und jetzt war er an der

Reihe, im Namen der Universität Ruhrort musste er jetzt das Wort ergreifen. Er nuschelte, war kaum zu verstehen und spuckte beim Sprechen. Worte fielen ihm nicht ein, er vergaß oft das Verb, war unsicher im Gebrauch von Fremdworten und furchtbar aufgeregt. Er verhaspelte sich, sprach zu laut oder zu leise, er traf die richtige Lautstärke nur sehr schwer. Schweißperlen bildeten sich auf seiner Stirn, aus den Achseln tropfte er auf den schönen Designertisch. Die Wort-des-Jahres-Findungskommission starrte ihn an. Er öffnete den Mund. Seine schlechten Zähne wurden ihm bewusst. Dann fiel ihm die Zunge heraus, er hatte keine Kraft, sie zu steuern. Müller-Langenscheidt starrte ihn an. Rüdiger verdrehte die Augen, er fiel zur Seite, auf Hilde von der Tann. Er griff ihr im Fallen ins Dekolleté und schrie in einer Affenlautstärke »Hottentottentittenattentat«, hielt sich kurz an ihren Brüsten fest und donnerte dann auf den Marmorfußboden aus Carrara. Zwei Erstsemestrige von der Medizinischen Fakultät trugen ihn raus. Dieser Vorfall ist sechs Wochen her. Aber Rüdiger Safran-Ski zittert immer noch wie Espenlaub.

SIND DIR
WURST?
36,-

Viennale-Tasche – vom Kultobjekt zum »Kann ich nicht mehr sehen, weil jeder Trottel damit herumrennt«-Objekt

Mein Fleischhauer, noch Blut und Fettflankerln im Gesicht und Blunznreste im Haar, kam mir winkend auf seiner Vespa entgegen, eine Wiener Jamie-Oliver-Ausgabe mit 150 Kilo Übergewicht. Seine goldene Viennale-Tasche leuchtete wie die Goldmedaillen der vierjährigen chinesischen Turnerinnen bei den Olympischen Spielen.

»Herr Fleischhauer, was haben Sie eigentlich in Ihrer goldenen Viennale-Tasche?«, fragte ich.

»Pansen. Pansen und eine Milz für die Suppe«, antwortete der freundliche Fleischhauer. Ich frage mich, ob Viennale-Chef Hans Hurch das ahnte, als er die Viennale-Tasche als offizielles Viennale-Accessoire absegnete. Nachdem ich vor wenigen Tagen mehrmals Augustin-Verkäufer beobachtet habe, wie sie ihre Straßenzeitung aus schwarzen und weißen Viennale-Taschen holten und auch Parksheriffs ihre hässlichen Strafzettel aus grünen Viennale-Taschen gezogen haben, dachte ich mir: Da schau her. Da hat mein Redakteur Schneeweiß ja offensichtlich ein Gespür für Geschichten … Schon vor Monaten schlug er mir folgendes Thema vor:

»Viennale-Tasche – vom Kultobjekt zum »Kann ich nicht mehr sehen, weil jeder Trottel damit herumrennt«-Objekt.

Als er mir dieses Thema vorschlug, war mein erster Gedanke, und das wird bei Ihnen wahrscheinlich nicht anders sein: 2002! In diesem Jahr war die Viennale-Tasche schneeweiß, mit schwarzen Rändern, wie eine Todesanzeige. »Ich heiße wie die Viennale-Taschenfarbe!« Ob Herr Schneeweiß das damals oft gesagt hat? Würde ich auch gern sagen können, aber die Chance auf eine stermannfarbene Viennale-Tasche muss selbst ich als Optimist als klein erachten. Was wäre stermannfarben, am ehesten wohl grau. Grau wie die Erinnerung.

Da Alzheimer ja zur Volkskrankheit Nummer eins werden wird noch vor Geiz und Missgunst, wird Redakteur Schneeweiß sich einfach nur das Jahr 2002 merken müssen und er wird immer sagen können, wie er heißt. Aber er hat natürlich recht, tatsächlich ist die Viennale-Tasche häufiger im Straßenbild zu sehen als Goldmedaillen, zumindest in Österreich. In China wäre ich mir da gar nicht so sicher, dort läuft ja wirklich jeder Trottel mit einer Goldmedaille herum, aber nur wenige Chinesen haben eine Original Viennale-Tasche. Will man mit einem Viennale-Goodie eine gewisse Exklusivität verbinden, müsste sich Viennale-Chef Hans Hurch etwas Spezielleres überlegen. Zum Beispiel einen Literaturnobelpreis. Dann könnte Elfriede Jelinek sagen, sie sei die Einzige mit Viennale-Literaturnobelpreis. Da wird dann niemand mehr sagen »Literaturnobelpreis, kann ich nicht mehr sehen, weil jeder Trottel damit herumrennt!« Nur weil jetzt mehr Menschen eine Viennale-Tasche tragen, glaube ich nicht, dass der Trottelanteil größer geworden ist. Trotzdem kann man davon ausgehen, dass unter den ersten zehn Viennale-Taschen-Trägern der Geschichte mindestens drei Trottel waren, nicht zuletzt, weil ich einer dieser zehn war. Mein Fleischhauer widerum ist ein äußerst heller Geist, der in Japan viel Geld gescheffelt hat mit Wurst-Sushi. Er hatte übrigens, als ich ihn auf seiner Vespa sitzend traf, neben der Viennale-Tasche auch noch eine Berlinale-Tasche umgehängt. In der befanden sich Schafhoden und eine panierte Hirnanhangdrüse.

»Woher haben Sie eigentlich so viele Filmfesttaschen?«,

fragte ich ihn, als ich bemerkte, dass er auch noch eine Tasche vom Filmfest in Rotterdam und eine vom Filmfest Hamburg um den dicken Bauch herum trug.

»Hat mir irgend so ein Trottel geschenkt«, sagte der Fleischhauer und ich bemerkte Blutspritzer auch auf seinem weißen Helm.

»Interessieren Sie sich für Filme?«, fragte ich ihn.

»Nein«, sagte der Fleischhauer, »ich interessiere mich für Wurst. Für Fleisch und Wurst.« Er beliefert immer die Viennale-Eröffnungsparty mit Fleisch und Wurst und ist so auch irgendwie beim Film. Vielleicht wirkt mein Fleischhauer wie ein Trottel, aber er hats fleischdick hinter den Wurstohren. Übrigens, etwa die Hälfte aller Augustinverkäufer hat an der Wiener Filmakademie studiert, wussten Sie das nicht? Aus Angst, so zu werden wie Michael Haneke, schmissen sie ihr Studium und lebten fortan auf der Straße. Dass einer der Park-sheriffs mit den grünen Viennale-Taschen mir dann erzählte, 2002 einmal Hans Hurch wegen Falschparkens eine Anzeige an die Windschutzscheibe gesteckt zu haben, wunderte mich nicht. Herr Hurch trägt übrigens privat eine Augustin-Umhängetasche, hat mir mein Fleischhauer erzählt.

Steigleitung
DIE 48 ER
DEIN WIEN
STRASSENREINIGUNG

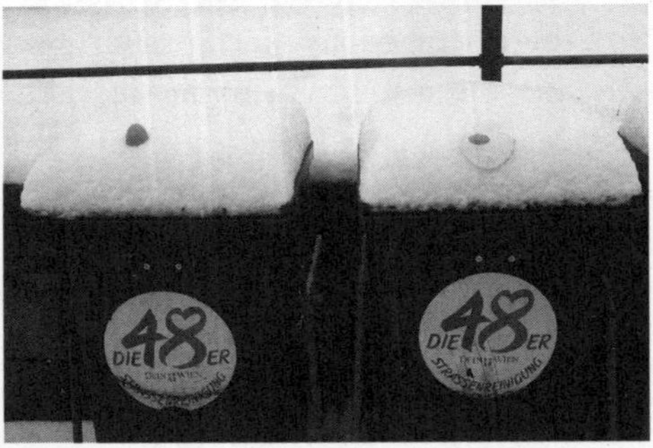
DIE 48 ER
DEIN WIEN
STRASSENREINIGUNG
DIE 48 ER
DEIN WIEN
STRASSENREINIGUNG

DIE 48 ER
DIE 48 ER
STRASSENREINIGUNG
DIE 48 ER

Noch einmal nach dem Rechten sehen

Wie meschugge müsste ich sein, mich zum ersten Todestag von Jörg Haider zu äußern. Wann immer ich etwas über Jörg Haider gesagt habe, wurde ich suspendiert, mit Auftrittsverboten belegt, in die Psychiatrie wollte man mich schicken und auf die Saualm. Man ließ verlautbaren, ich hätte nicht mehr alle Tassen im Schrank und nicht mehr alle Muttern am Rad. Man wünschte mich in Holzpyjamas und wollte mich aus dem Land jagen. Aus dem südlichsten Bundesland, am liebsten aus dem ganzen Land. Deswegen werde ich den Teufel tun. Tote soll man in Ruhe frieden lassen. Außerdem hat sich mein Verhältnis zum oberösterreichischen Landeshauptmann von Kärnten (die deutlich kleinere Version vom Steirer in Kalifornien) seit dessen Ableben deutlich verändert. Ich frage mich heute nicht mehr, wie es kommen kann, dass jemand, der Österreich als Missgeburt bezeichnet, von dieser Missgeburt ein Staatsbegräbnis bekommt. Oder was gewesen wäre, wenn sein Vater Widerstandskämpfer gewesen wäre? Dann hätte er mit Simon Wiesenthal zusammen gegen die Ewiggestrigen am Ulrichsberg demonstriert und wäre in Oslo in die engere Auswahl zum Friedensnobelpreis gekommen. Heute frage ich, wieso Jörg Haider sein Talent an die Politik verschwendet hat! Der Mann war ein zweiter Hansi Hinterseer und hätte Millionen von Rentnerinnen und deutschen Kriegerwitwen und Wanderern glücklich machen können als Spatz von Villach oder Mr. 1000-Lodenvolt. Ich habe mir die CD/DVD »Dr. Jörg Haider In

Memoriam«-Collection gekauft. Sie kostet inzwischen nur mehr 44,95 Euro statt ursprünglich 89,95 Euro. Das hat aber nichts mit Haiders Gesangsqualitäten zu tun. Ähnlich wie Jackson ist er nach seinem Tod endgültig in den Pophimmel aufgestiegen. »Pfiat Gott, liabe Alm«, da schwingt so viel Gefühl mit, er war ein feinfühliger Mensch, der Jurist aus dem Bärental. »Pfiat Gott, liabe Alm« klingt besser als »Schleich dich auf die Saualm«. Ist melodischer und hinterlässt auch bei nicht straffällig gewordenen Ausländern ein Wohlgefühl. »Pfiat Gott, liabe Alm« ist eins von drei Liedern, bei denen Haider solo singt. Nur begleitet vom Männerdoppelsextett Klagenfurt. Männer, Doppel, Sex und Klagenfurt. Ich weiß, viele werden jetzt an den »Stadtkrämer« denken, die letzte Bar, die der singende Freund Gaddafis besucht hat. Mir ist die sexuelle Ausrichtung auch bei Elton John egal und Madonna hat Britney Spears geküsst. Gut, Stefan Petzner ist nicht Britney Spears. Nicht mal Britney Spears möchte man fast sagen, aber was Musiker im Bett machen, ist mir seit John Lennons Auftritt mit Yoko Ono egal. Außerdem deutet Haider auf seinem Best of Album mit dem Lied »Mei Diandle vom Rosental« an, dass er, auch, mit Frauen kann.

Edward Kennedy hat vor seinem Tod kein Volksmusikalbum aufgenommen, Das allein zeigt die Bedeutung von Jörg Haider. Ich wäre der Letzte, der diese Bedeutung nicht er- und anerkennt. In der »Dr. Jörg Haider In Memoriam«-Collection finden sich auch drei »Megaposter« von Haider in Lebensgröße. Ich habe das Poster aufgehängt und mich in Lebensgröße danebengestellt. Ich überragte den Landeshauptmann, was mich traurig machte, denn er ist so viel größer als ich. Ich hängte das Poster einfach 30 Zentimeter höher. Jetzt konnten wir uns auf Augenhöhe begegnen. Auf dem Megaposter steht er vor einem Jausentisch. Auf dem steht ein Topf mit Butter und ein Topf mit Kräutertopfen. Sehr viel Topfen, dachte ich und zählte nach. Eins, zwei, drei. »Diandle bist stolz?«, sang Haider, als das Megaposter sich von der Wand löste. In der einen Hand das Liedheft, versuchte ich, mit der anderen das Megaposter zu retten. Da hatte der tote Haider mir eine ordentliche Beschäftigungspolitik verschafft. Ich hängte ein passbildgroßes Foto des neuen Kärntner Landeshauptmanns neben das Megaposter. Ich vergesse seinen Namen immer, glaube aber, dass man sich den auch nicht wird merken müssen. Aus einem »Seitenblicke«-Magazin riss ich ein Foto von Grasser in der Krokodilsbadehose aus und hängte es dazu. Ein Bild vom weinenden Petzner, eins von Westenthaler, wie er vor Gericht steht. Und mir fiel ein, dass Westenthaler ein Berufsverbot für mich gefordert hatte. Schon damals wusste ich, dass ich im Gegensatz zu ihm auch jederzeit in Deutschland arbeiten könnte. Ein Foto von Susanne Riess-Passer, gemeinerweise im Profil aufgenommen und dort auch abgedruckt. Ihre lange spitze Nase zeigt auf Haiders Megaposter. »Pfiat Gott, liabe Alm«. Ich überlegte, ob ich Strache dazuhängen sollte oder nicht. Ich hatte nur ein Bild vom Sommergespräch im ORF, wo man die Krätze am Kinn sah, die er sich wohl im Urlaub in Tunesien eingefangen hatte. Krätze und hundeschlittenblaue Augen? Ich entschied mich dagegen. Drei Megaposter und kleine Irrlichter, dachte ich. Meine Wand, eine Kärntner Klagemauer. Pfiat Gott, liabe Alm, sagte ich laut und nahm alle Bilder wieder ab. Die leere Wand wirkte sehr sympathisch.

Punsch is what it's all about

Es klingt sehr unglaublaubwürdig, aber ich habe meinen ersten Punsch zusammen mit Barack Obama in den 80er-Jahren gekocht und ausgetrunken. Ich war damals in Chicago, ein Stipendium des Landes Kärnten für überdurchschnittliche Verdienste um die Karawanken hatte mir den Aufenthalt ermöglicht. Ich studierte an der Humorhochschule Internationale Komik. Der Geldbetrag aus Kärnten war leider sehr überschaubar, und so lebte ich von dem Geld als Obdachloser in einem Papphaus beim Bahnhof. Aber ich hatte einen Laptop mit eigener Homepage. Immerhin, dachte ich deshalb immer, wenn ich meine schnarchenden Nachbarn betrachtete, die sich an brennenden Ölfässern wärmten und gar nichts hatten. Nicht mal das brennende Fass, das musste man leasen. Barack, oder »Obi« wie ich ihn nennen darf, war damals Sozialarbeiter in Chicago. Gerade im Winter ist Chicago für Obdachlose eine ungemütliche Stadt, Temperaturen von unter hundert Grad sind keine Seltenheit, die gefühlte Kälte ist durch den scharfen Wind aber noch weit schlimmer. Haare brechen ab, Wimpern und Augenbrauen, manchem Obdachlosen fällt vor Kälte die Nase ab, deshalb sieht man häufig homeless people mit Mohrrüben im Gesicht. Nur einmal war es in Chicago in der kalten Jahreszeit erträglich. 1871, als am 31. Oktober die ganze Stadt abbrannte. Da konnte man sich kurz mal aufwärmen, aber sonst ist Chicago »a living refrigerator«, wie wir Auskenner sagen. Übrigens wurde die gesamte abgebrannte Innenstadt in den Michigansee geschüttet. Das wäre so, als würde in Wien der 1. Bezirk abbrennen und einfach im Donaukanal entsorgt werden. Deswegen treiben im Michigansee, der so groß ist wie die Adria, immer noch Lampenschirme, Sofas und Nachttöpfe. Aber auch Bücher, und so ein Buch hab ich damals beim Schwimmen gefunden. Es war ein burgenländisches Punschrezeptbuch. Chicago ist ja die größte burgenländische Stadt der Welt, fast alle weißen Männer sehen exakt aus wie der sympathische burgenländische Landeshauptmann Hans Niessl. Überhaupt ist das Burgenland eines der freundlichsten Länder Europas. Mehrsprachige Ortstafeln gibt es hier überall, viele Burgenländer haben sogar mehrsprachige Namensschilder an der Tür. In bis zu 25 Sprachen. So weltoffen sind sie, die liebenswerten Burgenländer. Als Wiener sollte man immer wieder mal dorthin fahren. Ein Katzensprung in Kilometern, aber ein Luftsprung fürs Herz.

Von den neuneinhalb Millionen Einwohnern Chicagos haben fast fünf Millionen Vorfahren aus Eisenstadt oder Eisenstadt Umgebung. »Alkohol ist keine Lösung, aber ein Anfang« stand als Widmung in dem Buch, das ich aus dem Michigansee gezogen hatte. Geschrieben hatte es ein gewisser Johannes Jovan Giovanni Gutdobrebuono. Im Vorwort hatte der gute Gutdobrebuono geschrieben, dass er ein alter Mann sei, sich lange überlegt habe, um was es im Leben eigentlich wirklich gehe, und er sei nach reiflicher Überlegung zu dem Schluss gekommen, dass ein guter Punsch der Sinn des Lebens sei. Lässt sich drüber streiten, ich weiß natürlich, andere würden Pilates sagen oder Schlittenfahren oder den Hund bürsten, aber der Mensch ist individuell und Gutdobrebuono hatte seine Aufgabe in der Welt im Punsch gefunden. Das Buch heißt auch schlicht und einfach

»Punsch«. In dem sehr dünnen Buch gibt es nur ein Rezept. Ich möchte es Ihnen unverfälscht hier wiedergeben.

»Punsch« von Johannes Jovan Giovanni Gutdobrebuono

Zucker, Tee, Rotwein, Rum. Prost.

Dieses Buch zeigte ich meinem Sozialarbeiter Barack Obama, weil ich wusste, dass er sich für Literatur interessiert. Er war sofort begeistert und die Schlagersängerin Michelle – die ja vor Kurzem ihre Karriere beendet hat –, sie war damals schon Baracks Freundin, schlug vor, in einem der brennenden Fässer, an denen sich meine obdachlosen Nachbarn wärmten, sofort den Punsch nachzukochen. Da Amerika das Land der unbegrenzten Möglichkeiten ist und alles größer und gigantisch sein muss, besorgten Michelle und Barack eine Tonne Zucker, vier Hektoliter Tee, ein Glas Rotwein und ein Stamperl Rum. »Das Verhältnis«, versuchte ich einzuwenden, »der Tee ist unproportional zum Alkohol.« Ich überredete sie, das Verhältnis umzudrehen. Ein Stamperl Tee, ein Hektoliter Rum, ein Tonne Rotwein und ein Glas Zucker. Noch nie hat man so fröhliche Obdachlose im strengen Chicagoer Winter gesehen. Seit damals sind Obi und ich uns einig, wenn man uns nach dem Sinn des Lebens fragt. Nicht Pilates, nicht Schlittenfahren, nicht das Bürsten des Hundes ists. Der Punsch ists. Der Punsch. Ich erhebe mein Glas und blicke in den Himmel zu dem liebenswerten Johannes Jovan Giovanni Gutdobrebuono. Prost, mein Lieber, wir stoßen auf dich an.

Der persische Zwerg

Haben Sie das Computerspiel »Christmas« von EA-Sports?

»Christmas Magic: Haben Sie den Sack gut gefüllt? Ihre Rentiere sind sicher eingeschirrt? Auf gehts in die hektischste Nacht des Jahres, dieses Jahr sind Sie der Weihnachtsmann! Blaue Geschenke für die Jungen, rosafarbene für die Mädchen! Stellen Sie neue Geschenksrekorde auf, begleitet von klassischen Weihnachtsmelodien!« Herrlich. Die Kinder und die Oma spielen Weihnachten am Computer, während man selbst am heiligen Abend das Auto wäscht oder sich »Im tiefen Tal der Superhexen« auf DVD anschaut. Im Fernsehen läuft parallel auf RTL2 »Jesus-Container«, eine Show, in der zehn Kandidaten Kinder in Ställen kriegen, aber nur einer wird der Messias, alle anderen werden gekreuzigt. Der Messias dann aber auch. Und dann wird Weihnachten von Dietrich Mateschitz gekauft und weltweit müssen alle Christen Red Bull zur grippekranken Ente trinken. Der Papst wird Stadionsprecher in Salzburg oder Boxenluder in der Formel 1. Oder Stronach kauft Weihnachten. Dann gibts alle paar Monate einen neuen Papst und ständig neue Kardinäle. Kontinuität durch permanente Rotation innerhalb der Führungsetage. Da Weihnachten nun mal ein gutes Geschäft ist, ist es nur natürlich, wenns verkauft wird. An Sky, den WAZ-Konzern oder Disney. Wieso ist Weihnachten so beliebt? Natürlich wegen Jesus. Immerhin der einzige uns bekannte Sohn von Gott. Außerdem ist Jesus so wie James Dean, Kurt Cobain und Che Guevara früh gestorben, was die Grundvoraussetzung ist, um verehrt zu werden. Anders als am Geburtstag von James Dean gibt es aber am Geburtstag des Herrn auch noch Geschenke und am Geburtstag von Kurt Cobain stellt sich niemand einen Baum ins Haus, vielleicht der Grund, warum Cobain sich erschossen hat? Und man singt: »Freue dich, du Christenheit!« Nicht aber: »Freue dich, du Guevaraheit!« Das alles zeigt, dass Weihnachten wichtiger ist als die kubanische Revolution, »Teen Spirit« und »Verdammt in alle Ewigkeit«. Das gilt aber selbstverständlich nur für das christliche Abendland. Im Morgenland ist vielleicht Kurt Cobain wichtiger als Jesus, das weiß ich nicht, ich bin kein Religionswissenschaftler. Nehmen wir mal den Pöbelperser. Mahmud Ahmadinedschad ist Präsident des Iran, und die Botschaft der Liebe des Neuen Testaments ist an dem schlecht gekleideten Moslem spurlos vorbeigegangen. Er will Israel zerstören. Tatsächlich sollte er sich zuerst mal einen neuen Schneider zulegen. Er sieht aus wie der Einzige auf dem Arbeitsstrich auf der Herbststraße, der noch nie einen Schwarzarbeiterjob hatte. Vor Männern in solchen Sakkos hätte ich als israelischer Staat keine Angst. Ob der Pöbelperser an Heiligabend ein Weihnachtskribbeln hat? Und mit glänzenden Augen aufs Glöckchen wartet? Nein, weil er kein Christ ist. Er legt stattdessen eine alte Nirvana-CD ein oder raucht eine kubanische Zigarre, die größer ist als er selbst. Denn wie viele Pöbelperser ist Mahmud Ahmadinedschad ein Zwerg. 1,16 Meter ist er nur groß, unser Rumpelstilzchen aus dem Orient. Lieber kleiner Mann: In Israel feiern sie auch nicht Weihnachten, bis auf ein paar durchgeknallte Pilgerchristen, die aus Oregon kommen oder Kansas und sich für viel Geld in einen Stall legen, um Jesus nahe zu sein. Juden feiern Weihnachten nicht, sonst wären sie Christen. Das müsste dir Pöbelperser doch eigentlich gefallen. Wenn Jesus so wie Reinhold Messner Bergsteiger gewesen wäre, würden die Buddhisten vielleicht Weihnachten feiern oder wenn Jesus, so wie Gerhard Haderer ihn malte, ein liebenswerter Kiffer gewesen und nach Goa ausgestiegen wäre, dann würden vielleicht auch Hindus heute einen Tannenbaum aufstellen und Ställe aus Plastik aufbauen mit der Krippe und den Schafen und den heiligen drei Königen, die bis auf einen aussehen wie der Pöbelperser, nur größer. Und dann säßen die Computerinderkinder vielleicht auch am 24. Dezember nicht vorm Baum sondern vorm PC und spielten »Christmas Magic« und flögen in virtuelle Kamine. Weihnachten ist ja eigentlich das Fest für unsere Kleinen. Vielleicht sollten wir dem Pöbelperser auch was schenken. Ein neues Sakko. Und eine neue Diktion. Denn andere auslöschen zu wollen ist nicht gut. Und das nicht nur zur Weihnachtszeit.

Pol-Pod

Ich bin draufgekommen, dass ich nicht weiß, warum Weihnachten gefeiert wird. Hat sich Gott da geteilt? Oder ist Herodes in den Himmel aufgestiegen? Peinlich. Die Geschenke nehm ich aber doch.

Ich bin streng katholisch erzogen worden, das ganze Jahr über trink ich nur Weihwasser und Punsch, weil der an Weihnachten erinnert, als ein brennender Dornbusch ans Kreuz geschlagen worden ist. Bis zu meinem zehnten Geburtstag hab ich mich ausschließlich von Hostien mit Nutella ernährt, auf meinem iPod war nur Orgelmusik, und gebenedeit war die Frucht jedes Leibes. Wahrscheinlich haben alle gedacht, dass jeder weiß, was an Weihnachten passiert ist. Manche Sachen werden als bekannt vorausgesetzt und nie mehr erklärt. Ein intelligenter Freund von mir hat bis zu seinem 40. Geburtstag ständig von »üblen Kammeschen« gesprochen, in denen er fürchterlich abgestürzt sei. Niemand fragte nach, weil ein jeder und eine jede dachte, der intelligente Herr mache wohl Sprachscherze. »Fantastische Kammesche! Da bin ich dann versumpert in einer Kammesche, herrlich!« Irgendwann sagte aber doch mal jemand zu ihm: »Meinst du Kaschemme?« Und da war die Überraschung groß. 40 Jahre lang hatte er von Kammeschen gesprochen, und keiner hatte ihn aufgeklärt. So erklär ich mir mein Weihnachtsproblem. Pfingsten ist ein Problem, das viele haben. Sagen Sie mal ganz schnell, was Pfingsten ist! Da tun Sie sich schwer, nicht?

Ich war in einem orthodoxen Kindergarten, geleitet von Opus-Dei-Mitarbeitern, die sich und uns mit Dornengürteln kasteiten. Aber dass mal irgendeiner von diesen Brüdern gesagt hätte: Weihnachten, das war, weiß der Kuckuck, was. Ich weiß es ja nicht. Vielleicht, weil ich als Kind ins Punschfass gefallen bin. Hats was zu tun mit den zwölf Geschworenen beim Abendmahl? Ich war vor Kurzem in einer Kirche in Simmering. Neben der Kirche ist ein Friedhof, der eingeschlossen ist zwischen einem Kraftwerk oder einer Müllverbrennungsanlage und Eisenbahnschienen. Bei der Beerdigung donnerten Züge mehr oder weniger übers offene Grab, dem Pfarrer flog der Hut weg und man verstand kein Wort. Nach jedem Zug, der vorbeiraste, mussten alle Kreuze wieder aufgestellt werden. Der Pfarrer sprach dazwischen über die Verstorbene und alle Menschen, die im Leben der Verstorbenen gestorben sind. Der Mann, die Eltern, die Kinder. Und der Pfarrer sagte: »Tja, es war ein Kommen und Gehen in ihrem Leben, und jetzt ist sie auch gegangen.« Ich setzte mir meinen alten iPod auf und hörte lieber Orgelmusik. Den iPod hab ich übrigens in Kambodscha gekauft, deshalb nenn ich ihn manchmal fälschlicherweise Pol-Pod.

In der Kirche reichten sich plötzlich alle Trauernden die Hände. Ich nahm meinen iPod ab und gab einer zerknitterten Frau, die mir völlig unbekannt war, die Hand. Sie murmelte etwas Unverständliches, also murmelte ich etwas Unverständliches zurück. Dann drehten sich die von der Bank vor mir zu mir nach hinten und gaben mir auch die Hand. Wieder murmelten die etwas, was ich nicht verstand und ich murmelte so etwas wie: »Schisiwi.« Es war ein nicht enden wollendes Händegeschüttele und Herumgenuschele. Alle anderen schienen zu wissen, was zu sagen war, aber mir hat kein Schwein was erklärt. Und während eines Trauergottesdienstes zu fragen: »Hä? Was sagen Sie, sprechen Sie doch bitte deutlicher, ich versteh kein Wort!«, erschien mir unpassend und eitel. Werd ich also auch nie herausfinden, was das »Schisiwi« tatsächlich hieß. Die letzte Beerdigung, bei der ich war, da wurde ein schizophrener Verwandter beigesetzt, der seit dem Zweiten Weltkrieg in einem Heim lebte und aufgehört hatte zu sprechen. Bei dessen Beerdigung sagte der Pfarrer: »Erinnern wir uns an sein erfülltes Leben, an all die schönen Dinge, die er zu Lebzeiten gesagt hat.« Ich hätte sagen können: »Er hat nicht gesprochen. Und sein Leben war auch nicht erfüllt.« Aber ich tats nicht, darum glaubt der Pfarrer wahrscheinlich heut noch, dass er da einen kreuzfidelen Partytypen beerdigt hat. Ich hab mir damals auch lieber den Kopfhörer aufgesetzt.

Fällt Ihnen auf, dass ich jetzt »Kopfhörer aufgesetzt« geschrieben habe, ein paar Zeilen vorher aber noch »iPod aufsetzen«? Sehen Sie, ich stehe im Moment an einem Punschstand, während ich schreibe und die nette Punschstanddame hat mir über die Schulter geschaut und zu mir gerade gesagt: »Man setzt keinen iPod auf, sondern nur den Kopfhörer. Das sähe ganz schön dämlich aus, wenn man sich den iPod aufsetzt!« Sehen Sie? Da hab ich was gelernt, weil jemand mir was erklärt hat, was eigentlich ganz logisch ist. Aber die hübsche junge Dame weiß leider auch nicht, was der Anlass für Weihnachten ist, obwohl sie in eine Nonnenschule gegangen ist und eine Nonnenuniversität besucht hat. Ist ja auch egal. Ich lass sie jetzt mithören. Jetzt teilen wir uns den iPod und die Kopfhörer, hören Orgelmusik und trinken leckeren Punsch dazu. Köpfchen an Köpfchen. Herrlich. Wenn das Weihnachten ist, solls mir recht sein.

Wiener Weihnacht

Ich habe von der Zeitschrift »Wiener« etwas Schnee geschenkt bekommen. Richtigen Schnee, nicht Nasenschnee. Als Weihnachtsgeschenk. Der Schnee schmolz, die Krise lebt.

Ich kann mich gut erinnern an all die rauschenden Weihnachtspartys der letzten Jahrzehnte. Der »Wiener« wusste zu feiern. In St. Tropez stieß Helmut Berger mit mir an, sein weißer Anzug vollgeschissen bis zum Halsausschnitt, aber er wirkte trotzdem cool. Der Champagner wurde aus sündhaft teuren, fußgeblasenen Retrokrügen gesoffen, die gebratenen Tauben steckten in gebratenen Fasanen und schwammen zusammen mit lebenden Trüffeln in einer Mousse aus Geld. New York haben wir »Wiener«-linge noch vor zwei Jahren als albern und öd abgelehnt. »Eine Weihnachtsfeier in New York? Ist das euer Ernst?«, riefen wir damals und hielten uns die Bäuche und den Vorschlag für einen Witz. Natürlich kaufte der Verlag dann eine Insel neben Mystique in der Karibik, wo Millionäre Hausmeister sind in den Häusern der Milliardäre. Anfang des Jahrtausends beim »Wiener« zu arbeiten, das war wie mehrere Lottogewinne. Fette Prämien, Bäuche, die man sich hielt vor Lachen und Satturiertheit (in diesem Fall wirklich mit zwei »t«), denn es gab erlesenste Speisen, die geölt wurden mit erlesensten Getränken. Wer heute erst anfängt, hier zu arbeiten, der glaubt es nicht, aber ich schwöre: Teilweise hatte ich mehr Geld im Portemonnaie, als es weltweit Geld im Umlauf gab.

Vor wenigen Tagen erhielt ich die Einladung zur diesjährigen »Wiener«-Weihnachtsfeier.

Der »Wiener« lädt dich ein zur Weihnachtsparty. Bitte bring Getränke mit oder hoffe mit uns auf Regen. Wir treffen uns auf dem Parkplatz der Shopping City Süd. Wenn du schnell frierst, bring bitte Brennholz mit.

Die Einladung war mit der Hand auf Altpapier geschrieben worden. Das Gerede über die Auswirkungen der Wirtschaftskrise hat wohl doch einen Hintergrund, dachte ich, der ich oft einfach nur etwas sage, um zu überprüfen, ob ich einen Schlaganfall hatte. Aber konnte es sein, dass wir erstmals nicht aus dem Mund von Fiona Swarovski Mouton Rothschild 1945 für christliche 28 000 Dollar pro Doppler trinken sollten? Es ist schließlich Weihnachten und nicht irgendein Namenstag von irgendeinem Volltrottel. Im letzten Jahr hatte Karl-Heinz Grasser noch kellneriert, was dazu führte, dass ich erstmals nicht trank, weil ich mich nicht mitschuldig machen wollte. In Grassers Nähe landen irgendwann alle vor Gericht. Nur er nicht, weil er den Richter kennt. Grasser ist übrigens ein wahnsinnig schlechter Kellner, aber warum sollte er gerade das besser können als alles andere? Immer fiel sein Scheitel ins Essen, es war sehr ungustiös. Aber in diesem Jahr gabs nicht einmal Grasser zum Fest. Und kein Essen, in das man seinen eigenen Scheitel hätte schütteln können. Weil die Shopping City Süd auch sparen muss, war es stockfinster, als wir uns gestern zur unglamourösesten Party trafen, auf der ich jemals war. Niemand sprach, einige lagen auf dem kalten Asphalt, weil es keine Sitzgelegenheiten gab. Alle hofften darauf, bald einzuschlafen. Neben uns feierte der ORF, auch dort kam keine rechte Stimmung auf. Die »Erste Bank« hatte für ihre

Mitarbeiter nicht einmal »auf dem kalten Asphalt liegen« gebucht. Dort standen alle zitternd nebeneinander. Blass, hungrig und traurig, so wie die Stewardessen und Piloten der AUA.

Als jedem von uns als kleines Dankeschön statt der Rolexkollektion wie im Vorjahr ein wenig Schnee geschenkt wurde, sahen die ORF- und AUA-Mitarbeiter neidisch herüber. Die Mitarbeiter der Kärntner Landesregierung aßen sich selbst. Man hörte sie schmatzen. Gut, sie hatten seit Monaten nichts mehr gegessen, aber mir wurde übel. Würden wir alle so enden? Die Kärntner mussten ihre kleine Weihnachtsfeier auf der nahegelegenen Autobahn feiern. Jeder versuchte, überfahren zu werden. Die Autos wichen aber geschickt aus. »Nichts ist umsonst, nur der Tod, und den bezahlt man mit dem Leben.« Dieser Satz wurde von den wild herumspringenden Kärntnern ad absurdum geführt. Sie leben alle kilometerweit unterhalb der Armutsgrenze. »Es ist wie es ist und es ist fürchterlich«, riefen wir ihnen zu. »Frohe Weihnachten!« Zu diesem Zeitpunkt war der Schnee in meiner Hand geschmolzen und ich winkte ihnen mit einer nassen Hand traurig zu.

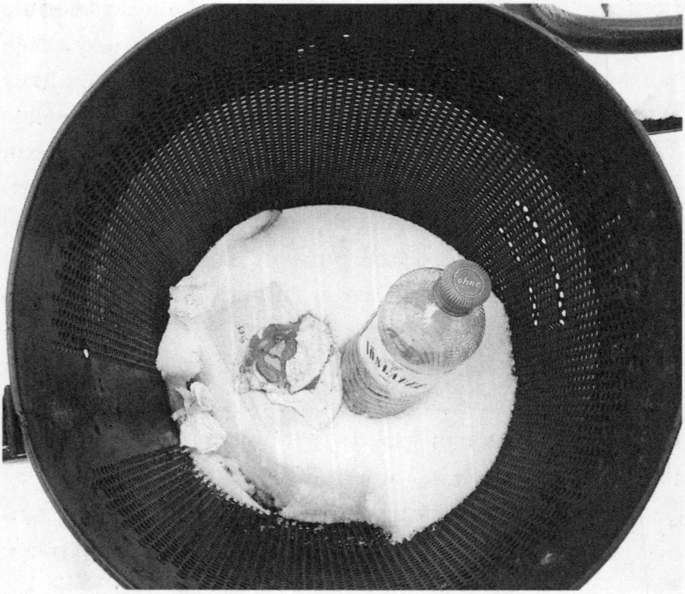
ohne

»I haaß Schmidt, du haaßt Schmidt. Warum sogns zu dir Piefke?«

Mein Gott: früher! Da hielten Mercedes Benze und BMWe bzw. BMWs mit westdeutschem Autokennzeichen vor Schloss Schönbrunn, alle Fahrer sahen aus wie Franz Josef Strauß und alle Frauen auf dem Beifahrersitz aus Krokodilleder wie Claudia Schiffer. Die reichen Bundesdeutschen trugen alle Loden aus Gold und steckten Wienern Tausendschillingscheine zu. Dabei glänzte der Deutschen Mund vor triefendem Fett und zwischen ihren mit Diamanten plombierten Zähnen steckten Kaviarreste und kleine Stücke von Austernmuscheln. Damals waren alle Deutschen reich. Und unsympathisch. Heute sind alle Deutschen arm und unsympathisch. Es hat sich also zum Schlechteren geändert. Früher fragte der Durchschnittsdeutsche in Wien: »Wo jeht et in die Kapuzengruft und zum schön' Schloss Brunn?« Heute fragt der Durchschnittsdeutsche in Wien: »Ham Se en Euro odern Paar Cent?« Wenn ein Deutscher heutzutage versucht, sich bei Ihnen einzuschleimen, tut er das wahrscheinlich aus wirtschaftlicher Not. Er biedert sich bei Ihnen an, in der Hoffnung auf einen Job. Wenn er Sie nervt, sagen Sie es ihm einfach in seinen eigenen, bundesdeutschen Worten und zitieren Kurt Tucholsky: »Et jibt Karrieren, die jehn durch den Hintern. Die Leute kriechen bei die Vorgesetzten rin. Da is et warm. Da kenn se ibawintern.«

Es gibt 131 000 Deutsche in Österreich. Und von denen sind 5168 arbeitslos. Die Deutschen nehmen den Inländern also nicht nur die Arbeit weg, sondern auch noch die Arbeitslosigkeit! Gsindel! Kein Wunder, dass immer mehr Deutsche kommen, wenn in neoliberalen Zeitungen zwischen München und Hamburg Jubelgeschichten über Österreich stehen: »Österreich – das bessere Deutschland!« Und so arbeiten Sachsen bei uns auf Müllkippen am Stadtrand und Thüringer lecken in Wintersportgebieten bei Minusgraden mit der Zunge Eisengeländer sauber. Sieben Jahre Rot-Grün haben aus Deutschland ein Entwicklungsland gemacht. Deutschland ist am Boden, so wie der Süden der USA, nur ohne Katrina.

Wenn man nicht bald die Reste der Berliner Mauer verwendet, um sie an der österreichisch-deutschen Grenze wieder aufzubauen – und diesmal bitte etwas stabiler als die alte –, dann wird Österreich bald so sein, wie es die Veterinärmedizinische Fakultät der Wiener Universität jetzt schon ist: ein Stück Deutschland. 200 Prozent aller in Österreich ausgebildeten Tierärzte werden bald Deutsche sein! Die 131 000 Deutschen zurzeit sind ja erst die Vorhut. Es gibt 82 Millionen Deutsche! Wenn die alle kommen, ist ja gar nicht genug Platz! Und bei so einer realen Gefahr wartet man vergeblich auf Straches Plakate: »Deutschland den Deutschen, aber Österreich uns!« Stellen Sie sich mal vor, wie voll es in der U-Bahn wird, wenn 82 Millionen Deutsche morgens zur Arbeit oder aufs Arbeitsamt fahren. Dazu die kulturellen Unterschiede. Österreich ist auf Deutsche gar nicht vorbereitet. Welcher Österreicher weiß denn wirklich, wie man mit Deutschen umgehen muss? Der ÖVS vielleicht. Der ÖVS wurde 1912 gegründet und kennt sich aus. Österreichisch, Verantwortungsbewusst und Stark ist er, laut Eigendefinition, der Österreichische Verein für Deutsche. Schäferhunde allerdings. Hugo von Hofmannsthal bescheinigte den Deutschen Strebertum und Rechthaberei, der ÖVS würde dem widersprechen.

Der Deutsche Schäferhund zumindest gilt in Österreich als vielseitig einsetzbar, familienfreundlich, wachsam und treu.

131 000 treue, wachsame und familienfreundliche Deutsche in Österreich, die vielseitig einsetzbar sind. Von denen 5168 arbeitslos sind. Hugo von Hofmannsthal hielt übrigens Österreicher im Gegensatz zu Deutschen für rascher in der Auffassung. Hofmannsthal wurde 1874 in Wien geboren, war also nach eigener Auffassung weit rascher in der Auffassung als der rechthaberische, schon weiter oben erwähnte Kurt Tucholsky, der 1890 in Berlin auf die Welt kam und als Preuße also zwangsläufig von Strebertum und Staatsgesinnung durchdrungen war. Für unsympathische Deutsche in Österreich genauso wie für unsympathische Österreicher in Deutschland gilt trotzdem Tucholskys Feststellung: »Man kann den Hintern schminken, wie man will, es wird kein ordentliches Gesicht daraus.« Probieren Sie es zu Hause mal aus. Sie werden sehen, dass in diesem Satz viel Wahrheit steckt.

Inhalt

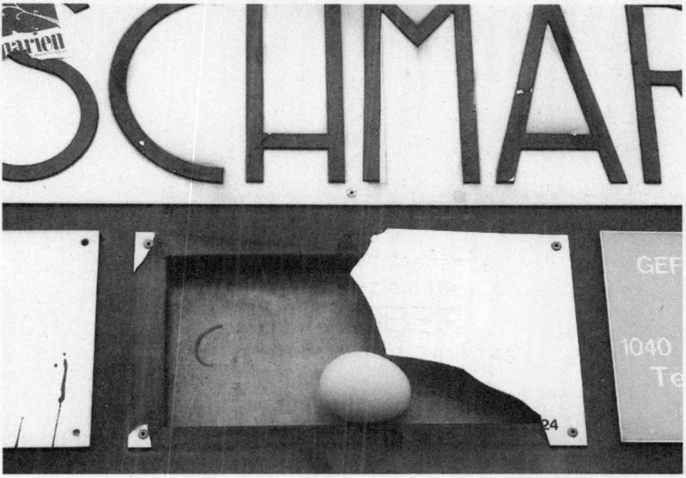
SCHMA
GEF
1040
Te
24